U0840492

新民說

方方 著

到庐山看老别墅

广西师范大学出版社
GUANGXI NORMAL UNIVERSITY PRESS
·桂林·

图书在版编目（CIP）数据

到庐山看老别墅 / 方方著. 一桂林：广西师范大学出版社，2014.9
ISBN 978-7-5495-5713-4

Ⅰ. ①到… Ⅱ. ①方… Ⅲ. ①散文集－中国－当代
Ⅳ. ①I267

中国版本图书馆 CIP 数据核字（2014）第 167377 号

广西师范大学出版社出版发行
（广西桂林市中华路 22 号　邮政编码：541001
网址：http://www.bbtpress.com）
出版人：何林夏
全国新华书店经销
湛江南华印务有限公司印刷
（广东省湛江市霞山区绿塘路 61 号　邮政编码：524002）
开本：787 mm × 1 092 mm　1/16
印张：14　　字数：200 千字
2014 年 9 月第 1 版　　2014 年 9 月第 1 次印刷
定价：38.00 元

峰从何处飞来，历历汉阳，正是魂断迷楚雨。
我欲乘风归去，茫茫禹迹，可能留命待桑田。

目　录

一个人改变一座山的历史

我们便决定要在这山巅，得一块地皮。山巅原为一片荒郊，豺狼野豕所出没的地方。间有一二烧野山者，寄居其间。古庙遗迹，隐约可见。在这寂寞荒凉之中，只有古刹一所，傲然独立。孤寥景象，更添上一点隐遁之风。

——李德立《牯岭开辟记》

CARRIERS ON KULING ROAD.

－去牯岭的路－

一

说起来，这应该是一个冬天。风刮得呼呼响，挟带着北方漫卷而来的寒气在空旷无人的山间穿行。春日里呓语般的林涛此刻有如呼啸。山上原本就寂静，因了风声，这静谧就愈发深浓。一座几近颓败的寺庙孤独地站在岩石和树林之间，两扇老旧成朽木的大门紧闭着。笃信佛祖的香客在如此的寒日里不再露面。只几个常年在山上的烧炭工，瑟瑟着缩背耸肩，将砍来的木头塞进破败的窑里。这里是庐山。

◎李德立（1864—1939），英国语学者、商人、教士和社会活动家，英格兰肯特郡人。1886 年来华，为上海卜内门公司创办人，上海工部董事局董事。1911 年辛亥革命时，曾促成清政府与孙中山在上海和谈。孙中山先生曾授予李德立“和平使者”勋章。1928 年起他的主要活动转向新西兰的克瑞克瑞，并将其开辟为国际知名的度假和旅游胜地。1939 年，在新西兰逝世。

这是 1886 年的冬天，用当时的说法，便是光绪十二年。

此时的中国，崇拜上帝的太平天国崩溃了，击败洪秀全的曾国藩死了。中法战争刚刚签订下令清政府毫无面子的《停战条件》，也结束了。以李鸿章为首的洋务运动业已呈一片败相。一系列更惨败的战争还没有开打，一连串更丢人的条约也还没有签订。老百姓依然艰辛劳累地活在这个世上，压在他们身上的重负，旧的未去，新的又来。洋人和官僚买办是两座更沉重的大山，我们能从所有的教科书中，看到他们在重压之下为讨一份生活而苦苦挣扎的身姿。

这个话题说起来就太长了，还是不说了吧。

那个改变庐山历史的人——英国基督教美以美会的教士李德立——就在这样的岁月里，顶着朔风上山来了。没有人记住他上山的日期，只知道是一个寒冷的冬天；也没有人描绘过他长什么样子，是金色的头发蓝色的眼睛还是黄色的头发褐色的眼睛；更没有人提到他是披着大氅还是穿着皮服，是背着行囊还是空着两手；没人知道。人们知道的只是这个从英格兰肯特郡走出来的传教士，很年轻很年轻，年轻得只有 22 岁，还知道他此时来到中国还不到一年。

云封山拒客，花拥路引人。
——九十九盘古道题联

李德立由镇江而汉口，再由汉口到九江。他此行的目的，就是要寻到一片清凉之地。再说得通俗一点，他来这里的目的就是要为夏天避暑做房地产开发。他在汉口请了一个中国传教士陪伴并作向导。这个人叫戴鹄臣。

李德立和戴鹄臣离开驿道，从西面的小路走进山里。他们沿沙河经九十九盘步步向上。天气奇冷，自不必说，路也不太好走，亦是自然。九十九盘山路虽为人工开凿，但也极是崎岖难行。当年明太祖朱元璋为纪念一个名叫周颠的人，执意要在荒无人迹的庐山之顶锦绣峰上建亭立碑。为了运送刻有朱皇帝诗文的御碑上山，人们只得开辟了这条曲折险峻的九十九盘山路。得幸有这条古老的山路，否则李德立的足迹恐怕也难及山顶。

设想李德立在寒冬之日爬山的姿态，我很难猜测他是怀着怎样的野心和壮志，要到这座几无人迹的山顶上开辟和创造他理想中的清凉世界；很难判断是拥有怎样的思想和力量，驱动他不辞千辛万苦匹马单枪

◎九十九盘山路

◎石头，铁皮瓦，老虎窗，松林——这就是庐山的别墅。

地去做这件从来也没有人做过的事情。盘行在这条弯道上的李德立多半也没有想到，他此行的结局比他有过的梦想还要惊人。因为庐山有今天，实在是绕不过李德立这个人。

九十九盘山径上，风光美不胜收。不知是什么朝代零星地建了几座亭榭，供游山的人们观景。一路的岩壁上刻着古人留下的字句，披着几百年风雨侵蚀的痕迹，依然顽强地展示它们的锋芒。但年轻的李德立心意既不在景，亦不在字，他脚步匆匆，甚至未作片刻的逗留，经天池寺黄龙寺径直抵达女儿城。站在女儿城的高处，他放眼四望。山顶上风的呼啸之声虽然很大，却挡不住视线下如画的风景。九十九盘山路已然隐没在绿树丛中，落入他眼内的却是牯牛岭下长冲谷平坦而美丽的土地。

正是李德立的这么一眼，庐山几千年的历史从此改变。

> 庐山有三处史迹代表三大趋势：（一）慧远的东林，代表中国“佛教化”与佛教“中国化”的大趋势。（二）白鹿洞，代表中国近世七百年的宋学大趋势。（三）牯岭，代表西方文化侵入中国的大趋势。
>
> ——胡适《庐山游记》

二

1583年，31岁的天主教耶稣会士、意大利人利

◎界碑

玛窦在广东的肇庆盖起了第一座教堂，自此打开了西方传教士进入中国的大门。在许多的穷乡僻壤，遥远山间，我们都能看到他们的足迹。鸦片战争后，随着清政府在对外战争和国际事务中的节节败退，沿海许多城市成为开放的通商口岸，前来中国的西方官人、商人以及定居者日渐增多。1843 年，上海的英国领事巴富尔租下了黄浦江边的 130 亩荒地，“租界”由此在中国出现。

当清光绪十二年（1886 年）冬间，有德化县举人万和赓等将庐山牯牛岭长冲、高冲、卢林、讲经台等处盗租与英人李德立，嗣经交涉，议将长冲一处钉界，租给建屋避暑，界外余地一概退还，于廿一年（1895 年）冬间立约完案。

——《庐山志》

中国政府的无能和西方列强的霸蛮，使得初来时尚且谦恭不过的传教士亦开始耀武扬威。他们用各种手法，或低价勒索或强行收购或彻底霸占，在各省租买土地，购置房屋。这种做法，一时间几成风气。连英国 1885 年的《蓝皮书》上也提到，中国的教会“成为当地最大的地主”。为土地而发生的教案此起彼落。

被李德立弄到手的庐山土地，也逃不出这样的背景。

长江沿岸城市上海、南京、九江、汉口，每到夏季，都是热都。居住在此的洋人们忍受不了如此炎热，便纷然找寻阴凉之地。1870 年，法国传教士在庐山脚下莲花洞建起了第一幢别墅，此后，俄国人在庐山北麓龙门山南的九峰寺附近租下了九峰寺正殿背后的房屋并将之改成洋房别墅。

据说李德立先在庐山下狮子庵附近购地，久不成议，便也转至九峰寺。但李德立的运气不及俄国人。当年卖地的寺庙住持和尚业已逃走，换上一个名叫“继慈”的新住持僧人。这位住持僧人继慈曾在湘军做过刽子手，杀人如麻。此一刻虽已放下屠刀立地成佛，但英豪之气未见得就能尽除。李德立与他老人家在价钱上没能谈拢。用李德立的话说：“这般和尚，实在不易对付。他们一片极小而且极不适用的土地，每每索价甚巨。”而初出茅庐的李德立又何曾付得出这笔钱。于是言语不合间，武人出道的继慈忍不住发怒，挥起铁拐意欲杖击李德立。此时此刻的李德立除了夺门而逃又能如何？

李德立在山下购地失败，只好舍此别图，转到山上。就在那个朔风横吹的冬日，他发现了地势平坦、林木茂盛的牯牛岭东谷即长冲一带。欣喜万分的李德立在瞬间便能意识到，这里是最适宜避暑的地方，在这里建造的别墅将是人间天堂。

李德立当即与地方官厅交涉购地事宜。据说初始，德化知县以为李德立是中国人，便应允此请，待李德立前去交契税时，他方发现意欲买地的原来是个洋人，于是断然拒绝了李德立的要求。李德立转而求助于九江的英国领事与浔阳道台方面商量，这做派颇有一点

◎李德立别墅

◎中山路 358 号原库普弗别墅

◎中九路 367 号原瑞典教会别墅

◎隐藏在林中的别墅

找上面人走后门的味道。做这样的事，当然要行贿，熟知中国行情的李德立知道他应该怎么做。结果，他成功了。这一回李德立得到的答复是肯定的。租方有言在先：官方不能直接将卖地契约给洋人，李必须自己找一当地乡绅作为中介。由乡绅买地再转卖之。税契亦用乡绅的名字。李德立通过同行之戴鹄臣联络到当地秀才万和赓。万和赓负责立契并向官方交税，然后再将地转租给李德立。有浔阳道台的命令，李德立顺利地拿到盖了印的契约。对于纷纷传言的行贿官厅一说,李德立却坚决否认。他说他只是“为酬劳的缘故，从上海购得电铃一套，又银杯一套，赠送他”。并且就此一次。历史的细节总是含混不清的，虽然这些细节事关重大，大得足以使历史呈现不同面貌。

李德立拿到手的是一份永久的租约。长冲一带约4500亩地都落在了契约上。内容载明该地交由英国人李德立承租。一百多年前的李德立精明得令人惊异。他将此契约交予英国领事过目后，在领事馆进行了注册。

就这样，李德立连蒙带骗，将长冲这一片风景绝佳之地弄到了手。长冲为牯牛岭之东谷，得到租地的李德立结合汉名和英意，将之英译为：KULING，取

◎这座桥以前是木头做的

◎老房子的墙上还留着当年字样

COOLING 即清凉之意。牯牛岭便被人叫作了“牯岭”。后来有一个记者告诉李德立，说是从前也有一个叫李德立的人，驾了一艘船，船的名字就叫“牯岭”。这个李德立和他的“牯岭”在海战中不幸失败。李德立则得意道：“但是我这个李德立为购置山地牯岭战争而成功。”

牯岭一经叫出，它的名字曾经一度比庐山叫得还要响亮。

三

山地高寒风烈，故屋瓦皆用白铁制，以铅线由屋顶下系于屋基间。

——吴宗慈《庐山志》

事到此步，还远没有结束。买下山地的李德立开始全面行动，建造他理想中的乐园。他将地皮按31000平方尺划成片，又将之编成号，然后售出。与此同时，他跑遍庐山上下，建筑板屋，雇工修路。因为旧有的烧炭工所经行的小道显然不能成为达官贵人上山的路途。新路由剪刀峡到莲花洞。

然而在修路期间，李德立与当地老百姓发生了冲突。一说是因为老百姓知道盗卖山地一事，纷然愤怒；一说是人们对李德立登报售地十分反感。而李德立自说却是因他雇请了外地石工，致使本地人发恼。究竟何为闹事的直接原因，没有人说清楚。但这场风波却实在是不小。在好长的一段时间里，李德立都处在危险之中。有一次李德立带着他的太太和小孩同朋友们一起出游，途中朋友仆人来报，说是山上发生暴动，房屋被烧，产业被毁，暴动的老百姓正在寻找和追杀外国人。李德立一行决定回九江，而轿夫们不愿同行。李德立只有写信找人送往九江官方求救，可是送信的人途中逃回，说是人们正拿着武器，堵在山路上，无论给他多少钱，他都不愿再去。李德立一行只有重重贿赂轿夫冒险前进。这时候，有不少人跟着他们的轿子，高声呼喊大家去杀洋人。后来李德立和他的朋友，一人扭着一个中国人质，用枪顶着，说是哪个敢来多事，我就是一枪。在这样的情况下，他们才逃了出来。

官方被阻迫于民间压力，追找李德立索要契约。对于已经到了嘴的肥肉，李德立当然不肯吐出。他全然不理中方当局，我行我素地烧他的窑盖他的房。这个举动使得中方官民共怒。官方将与李德立租地有关的当事人万和赓和戴鹄臣等人都抓了起来，而老百姓则一怒而烧毁李德立已经盖好的汉口峡一号木结构别墅。这桩公案一闹便近十年。

1894 年，中日甲午海战结束，北洋水师全军覆没，中国大败。败下阵来的清政府对洋人的恐惧愈来愈甚。

◎别致的门廊

◎ 左图：中八路388号别墅
◎右图：大林路747号别墅“蔡庐”

清政府下令加意保护洋人。为了李德立的这块地，总理衙门特意来电，催促尽早了结此案。于是在1895年，由英国驻浔领事雷夏伯与浔阳道台双方签字，将庐山租地案彻底解决。

拾得大便宜的当然是李德立。他得到了长冲一带土地的租借权，用于建屋避暑，时间长达999年。每年交租金1.2万两纹银。这就跟送给他一样。他做了十四块界石，在每一块界石上都刻有他的名字。这桩买卖，使中国人心怀伤痛无数年，一说起来，便有万分的屈辱感。

天生有商人气概的李德立，强租下长冲一地后，便成立了牯岭公司。通过公司来管理和运作，并制定先进的开发方式。他们将规划好的土地划号出售。每号地售价300元，面向世界各国。他们充分利用传媒，大做广告，极力称赞庐山的美丽纯静与清凉。手法同现在商家的炒作几乎一样。

当时的中国，国力衰微，民不聊生，各种疾病尤其是疟疾盛行，每到夏天，蚊虫尤其厉害，传染病四下泛滥。在中国的洋人们每到夏天都告诫他们的子女，凡是没有经过高温消毒的东西，摸都不能摸，甚至连手指碰一下都会死。为了安全，天气一热，他们就要到凉爽地方去生活，以躲开暑季的瘟疫。对华中地区和长江沿岸的传教士来说，庐山当然是一个最佳的去处。有此前提，因此，只几年工夫，李德立便把土地全部售完，他和他的牯岭公司自然也发了大财。

英国人李德立的成功，吊起了其他待在中国的洋人的胃口。紧接着，法国人、俄国人、美国人也都接踵而至，纷然以各种方式进入庐山。庐山的地皮也一点一点地被瓜分。一时间，放眼望去，山上尽是黄发碧眼的洋人。

庐山上所有的租借地都统称牯岭。最初的时候，牯岭俨然将自己也当作租界。洋人们自行设置了巡警，维持公安。以致山上一般百姓也都将租地称作租界，使得中国官方不能过问山上租地内的事宜。1927 年，外交部特派驻九江交涉员林祖烈发现这种状态显然侵犯了中国的主权，便致电江西省政府。这时人们方恍然：牯岭洋人的避暑地，纯属私人租借，与租界的性质完全不一样。于是在这一年，中国官方将警察行政权收了回来。牯岭被正名不是租界，而是特区。写到此，我突然觉得我们这代人都是通过广东的深圳来认识国家“特区”的，而庐山的牯岭恐怕才是中国最早的特区。

但是，所有的人以及后来人们写的文章，都仍将庐山的租借地写作“租界”，这个称呼一直都没法扭转。

◎令人神往的半敞开式长廊

1896年，庐山“英租界”成立了它的最高权力机构：大英执事会。七名英国传教士加两名美国传教士成为委员，他们的主席是李德立。1899年，庐山又成立了管理机构：牯岭市政议会即董事会，于每年的八月八日讨论公司的一系列重大问题，他们的主席仍然是李德立。这样，整个牯岭都有一套自治的机构，完全按西方人认定的民主来建设和治理庐山。

从1896年到1929年共33年间，李德立在牯岭始终大权在握。从他嘴里说出的话可谓一言九鼎。甚至李德立的一举一动都极被关注。有一回李德立到日本去了，山上便传说李德立带日本兵攻打台湾，被人掳去砍掉了双手双耳，待他从日本回来，山上人都围绕着他，不住地观察。还有一年，他回国度假，山上又传说李德立被英国皇后施了斩刑，以致李德立返回庐山时，看到他的人都露出怀疑的目光，不知道这是不是真正的李德立。

李德立在庐山，几乎永远都是个焦点人物。

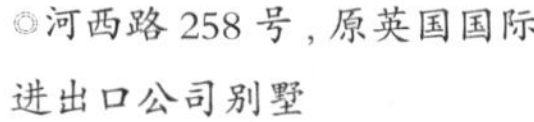

◎河西路258号，原英国国际进出口公司别墅

四

19世纪末，国际建筑界正为工业化兴起之后，大城市的嘈杂拥挤给人们的日常居住带去诸多困扰，众多社会精英开始提出并自行实施一些理想的城市生活。在空想社会主义思潮影响下，英国建筑师霍华德提出花园城市的概念。他的概念中包括城乡结合、低密度建筑、有带形绿地、统一规划管理、有公共设置的呼应等。他为此而写下《明日的田园城市》一书。他的理想，影响了整个世界的都市生活，其意义一直延续至今。

踌躇满志的李德立面对庐山这个几乎以他为帝的世界，开始了他全面的规划和建设。而此时，正是霍华德提出他理想的“花园城市”的时间。不知是规划和建设庐山的建筑师们带着世界最前卫的理念来到庐山，还是他们的建设思路与霍华德的观点不谋而合，又或是他们自身原本就有的前瞻性预见性，总之，庐山别墅区所呈现出来的面貌，与霍华德“花园城市”的居住理想惊人地一致。这使得庐山无意中成为霍华德理论的最初执行者，也使得庐山成为世界上最早的

◎原英国学校

◎原美国学校

花园城市。

李德立请来了英国工程师甘约翰来与他共同开发牯岭。甘约翰是英国循道会的工作人员，他会测量会设计会施工。租借地内的规划都由他主持完成，其间的许多别墅，也都由他承包经营。李德立还请了一位德国籍工程师李博德。西谷和香山路一带的诸多别墅都是由他设计并承建的。这些高手的介入，使得庐山别墅一开始就呈现出很高的水平。在这些行家们的通力合作下，他们打通了庐山与九江之间的第一条正规公路，闭塞的庐山从此敞开了一扇大门；他们顺着山势以石径铺就社区内的各条通道，形成道路网格；他们沿着长冲河呈轴线自然展开英国式自然园林，开辟步行的游览路线；他们在平坦的河滩上种植的大量的草坪和树木，让人们居住在风景之中；他们有章有法地修建了路灯，让山上的夜晚灯火通明；最重要的，他们编号出售的土地，每号 3.7 亩的面积上，只准盖一幢别墅，建筑密度控制在 15%以下;最最重要的是，所有别墅不必统一式样，完全由个人自行发挥。

界内有小学校，有礼拜堂，有医院，有公共之运动场，但见道路桥梁修治平坦，绿荫夹道，溪流水清，方位整齐。自治之总办，策马巡行于其间，百工各举其职，入其境者，恍游欧美焉。

——黄炎培《庐山》

如此建成的别墅，带着强烈的民间的自由姿态，立在庐山之巅。它们富于生气的尖顶，它们敞开或封闭的回廊，它们精致的老虎窗和烟囱，它们粗犷而厚重的石头墙面，它们红色的铁皮瓦屋顶，它们灰色的鱼鳞板，它们高耸的驳坎和低矮的短墙，一切一切的它们，带着鲜明的全然与中国风格不同的异域情调，使用着与中国建筑全然不同的语言符号，以一种几乎全盘西化的派头出现。纵然它们在中国的土地上显得十分另类，但它们却被有着深厚而悠久中国古典文化的庐山所接受所包容。原本就有着佛教和道教传统的庐山，从此又有了另一种文化——西方教会文化的融入。它由此而变得更加意味深长起来。

这个地方就成了中国近代最美丽的花园城市，这里的别墅也成了中国建筑史上的世界近代建筑博物馆。用大学者胡适的话说："牯岭，代表着西方文化侵入中国的大趋势。"

到了 1927 年，山上已有了别墅 560 栋，居民好几千人，分别来自世界十五个国家：英国、美国、法国、俄国、德国、瑞典、芬兰、挪威、日本、加拿大、意大利、葡萄牙、奥地利、丹麦、比利时。到 1931 年，又增加了希腊、捷克和荷兰。这么多国家的人如此集中地居住在一起，就像是一个微缩得小而又小的自成体系的世界。这个世界深深地隐匿在河谷浓密的树荫之下。自然的峰峦和粗砺的岩石，清澈的溪流和青葱的草地，与之融成一体。它们与大自然那么和谐地共存着并互相映衬着。山风吹动时，斑斓的色彩在阳光下闪闪烁烁，仿佛闪动着人间的活力和人世的快乐。

放眼望去，只觉得人在世外桃源中。

随着东谷别墅的繁荣，租借地以西的地盘，为配合洋人的生活和建设，也形成了中国人自己的城镇。中国人从事的职业主要是些服务行业，比方洗染店、理发店、绸布店、洋铁店、京果店、茶叶店诸如此类。建筑别墅的工人也全是中国人。早期的建筑业是以帮会的形式出现。石帮工人主要来自湖北大冶，木帮工人主要来自湖北黄梅和江西湖口、都昌等地，泥水帮工人主要来自庐山脚下的星子、湖口和都昌以及四周的山民。出体力的中国人，一律在洋人的统一管理下进行施工。山上很多年很多年都一直响彻着石工们的号子。它高亢的声音,夹带着悲壮,在空旷的山间回荡。这是石工们为生存而作的呼喊。据说有一年，徐志摩来到庐山，他被这满山震响的号子所震撼。他听出这号子中发自内心的悲凉情调，而这悲凉也是他自己灵魂的悲声。他因这号子心情激荡不已。终于，抑制不住自己的激情，趴在桌上，为这样一群呼喊者，写下一首《庐山石工歌》:“唉浩！唉浩！唉浩！我们起早，唉浩！看东方晓，唉浩！东方晓！唉浩！鄱阳湖低！唉浩，庐山高。”这是 1924 年的夏天。

靠了众人的努力劳作，山上避暑、康复、疗养以及学习、游览、娱乐种种凡人生活所需设施，一应齐全。1921 年出版的《庐山的历史》一书中说 :“牯岭的娱乐设施是无与伦比的。”

当然，这一切都并非李德立一人所为，可是居于领导者的他，在开创、规划以及建设庐山中所显示出来的魄力见识与文化，你能轻视么？甚至李德立自己也说 :“实因这个故事，离不开我这个主角。”

山上的风光是那样的优雅宜人。但实际上李德立待在牯岭的这 33 年间，中国乃至世界都处在动荡不安之中，有多少惊天的大事都在山外发生。世界大战、推翻清朝、自然灾害、瘟疫流行、军阀混战诸如此类，每天都有枪炮在响，都有活人死去。可在庐山的牯岭，

长冲的每座别墅，都有用庐山自然石筑成的围墙。大多数别墅都布置有小庭院。每座园的入口处都有石造门阙。门阙的左侧刻有别墅的房号，右侧刻有别墅的名称，如美庐别墅，松岩别墅，小梅别墅，竹隐别墅等。

——彭开福《牯岭地区的初期规划及别墅建筑》

◎左图：别墅的院门

◎右图：紫园

却依然一派水波不兴的样子。所有的事情都进行得按部就班有条不紊。仿佛整个世界都刮着龙卷风，而庐山这么一个小小世界包容着那么多国家的人，却悄然地待在它的台风眼里。他们在鸡犬相闻中和平相处，生活就像庐山山谷中的早晨一样，那么淡泊、那么宁静、那么一派田园牧歌的景致。真叫人不敢相信。

五

现在我们来说说李德立了。一个人的能量有多大，你有时候真的难以想象。这个年轻的传教士来中国时只有 22 岁。可纵观他的所为，你觉得他何曾只是个传教士？他完完全全是一个商人，一个社会活动家。在牯岭，他作为董事局主席，他的意见左右着牯岭的大多事务。因他的操作，33 年的时间把一个荒无人迹的庐山变成了一座花园城市。

而同时他还是上海卜内门洋碱公司的首届主事人。在第一次世界大战前，英国卜内门洋碱公司是与美国的杜邦公司、法国的法本公司同时称雄于世界的著名化工产品企业。因为李德立对中国事务的了解和他在中国的能力，卜内门伦敦总行派他做了中国行的总经理。中国各大商埠的分店都是李德立一手开设起来的。当时的中国人习惯用土碱，不识洋碱为何物，尤其那些小的城镇，更是分不清洋土的优劣。据说，李德立曾跑到类似于廊坊这样的城市，雇上一些人，肩挑着洋碱走到街上，他自己则手摇铜铃，随后叫卖。引得路人们惊奇万分地围而观看。李德立便利用如此场合，大肆宣传他的洋碱如何如何之好，并当场做试验以证明他不是瞎说。他把他传教的方式用来促销，事实证明，这种方式十分管用，不到十年，洋碱便打入了中国人的生活。从城市到乡村，人们用来发酵和洗涤的碱，几乎都是卜内门的。洋碱在中国市场立足并发展到根深蒂固，与李德立的努力不可分割。后来中国人也开始创办制碱企业。当时的创办人叫范旭东。有一回范旭东到庐山访友，遇到李德立，两人相识后还闲聊了许久。李德立不知范旭东是干什么的。临分手前，范旭东还是坦白告诉了李德立他的身份。李德立拍了拍范的肩膀嘲笑道：碱在贵国非常重要，只可惜我办得早了些。你们再后三十年也不迟。范旭东创办的天津永利制碱公司，一直是李德立卜内门公司的强劲对手。其中还有一件有趣的事，虽与庐山无关，可写出来也颇有意思。李德立有个儿子，人们管他叫小李德立。他是卜内门津京地区的经理。他为了与永利竞争，派了一个姓王的中国人去永利刺探商业机密。

庐山别墅还有一个重要特点，是大多重视烟囱与老虎窗在屋面组合中的造型作用。烟囱的高度和宽度大多经过推敲，布置自由而又恰到好处。有的烟囱用石块打制，颇为精美；有的用鹅卵石堆砌，显得自然朴实；有的则以砖砌，外抹沙浆，外表比较光滑。

——欧阳怀龙《庐山近代别墅群屋面的特点》

◎石烟囱

◎铁皮屋顶及烟囱

结果王姓中国人又被永利的买通了。于是每次收买的商业机密，都是永利方面事先策划好的。永利反而从王某处得到了许多卜内门的情报。这样的状态持续了两年。最后，王某败露，小李德立气得半死，将王某禁闭了七天，逼他写供词。最后又开除了他。认识小李德立的人都说他因生长在中国，学了一口油腔滑调的中国话，却没有学到中国人的好习惯。他的语言及行为都像街上的小流氓，十分令人讨厌。最后他被英国总部清除出了卜内门。与他精明能干的爹李德立比，他真是差得太远了。

1921 年夏，卜内门洋碱公司在上海四川路福州路南一块地皮上破土动工兴建大楼，1922 年底，一幢英国新古典主义仿欧洲文艺复兴式七层钢筋混凝土结构的大厦，即卜内门大楼，矗立在上海滩。现在它是新华书店上海发行所所在地，已经很少人能知道它原本的面貌了。

李德立因为卜内门的职务曾三次任公共租界上海工部局董事。他的中国话说得非常好，他的交际能力也异常之强，这两点使他与中国当局许多高官都有着私人之谊。当然我们都知道，这种交往显然并不单纯。

最有意思的是辛亥革命期间，北洋军队与革命军之间形成南北对峙，袁世凯意欲借革命军的力量实现自己的野心，而革命军则希望通过袁世凯的帮助推翻清廷。南北双方都有意坐下来和谈，于是这就有了著名的“南北议和”。这件事关中国人的大事，他李德立竟也掺和了进来。他以私人的身份介入，称自己为“议和公证人”。他还以个人名义致电北京政府，提议在上海召开南北议和会议。正在想法子怎么使双方人马坐到一起去的袁世凯立即便赞同了李德立的建议。于是北方代表唐绍仪和南方代表伍廷芳，在 1911 年 12 月的一天，走进了位于上海戈登路现在又叫江宁路的一幢红色洋房里。和谈从一开始就有阴谋的成分，虽然它的进展十分顺利。可最终的结果是：1912 年 2 月 12 日，清帝宣布退位。紧跟着孙中山辞去临时大总统。政权落在了袁世凯手中。站在他背后撑腰的正是那些洋人。

和谈的中国人似乎并没有意识到这一点。和谈完后，他们三人，也就是唐绍仪、伍廷芳以及李德立，在李家宽敞的厅堂里，合影留念，以纪念他们和谈的成功。他们坐在深色的藤椅上，脚踏着花地板砖。双手置膝，正襟危坐。照好的相片一分为三，他们分别在三张相片上都签上了自己的名字。其中的一张，现存在珠海博物馆内。那是唐绍仪的曾孙女顾植捐献出来的。据说当年，李德立的孙女罗西·露西夫人，也曾拿出过一张完全相同的相片，不同的只是三人签名摆法有点差异。另外存于伍廷芳手中的一张，下落不知。

1918 年，欧洲战事紧急，中国国内仍然南北纷争激烈，不甘寂寞的李德立又一次出面，想要促成南北和谈。他致电致函当时的大总统冯国璋，说他“旅华三十余年，虽略知贵国风土，懵未明南北争点。惟念民国成立七年，未闻安静一日，困商病民，莫此为甚”。因而“德立爱华心诚，不忍默然坐视”，建议速立南北公会，在上海选点议和。李德立甚至在他的电文中还回忆当年他促成的南北和谈一事，言中颇有得色。但是对于他的这一举动，冯国璋有没有理睬，我就不得而知。

◎庐山别墅分布图

◎万松林

六

1896 年春，初上庐山不久的李德立为自己在中谷小河旁保留了一块地皮，准备用来给自己建造别墅。可是因为他的太太不在山上，把别墅建在哪里或建成什么式样，他一时难下决断，因此也就拖着没有建成。1898 年冬，他终于在牯牛岭的南端、医生洼的东口选定了他的私宅地皮。这个地方，东濒长冲河，西靠松树路，左有日照峰，右有吼虎岭，面对大月山，水源丰富，阳光充足。

从 1885 年至 1949 年，庐山共建有别墅 800 余幢，其中 1895 年至 1925 年，为别墅的繁荣时期。800 余幢别墅中，外籍人士占 355 幢，面积 86821 平方米。英国的别墅最多，有 124 幢，面积 34678 平方米。

——欧阳怀龙《庐山近代别墅群屋面的特点》

李德立的别墅便隐匿在这三面峰峦环绕之中。但它具体建成于哪一年，却没人知道。1905 年的牯岭规划图上此地并无别墅。李德立虽然喜欢交际，喜欢社会活动，可他内心却喜爱隐居生活。在他头一次登上庐山，望着长冲东谷一带美丽的景色时，便情不自禁地长叹："在这寂寞荒凉之中，只有古刹一所，傲然独立。孤寥景象，更添上一点隐遁之风。"因了对这"隐遁之风"的内心向往，他在他住地的山前山后，遍植松树，这片密集的松树长大成林，人们就把它叫作"万松林"。庐山著名的风景"月照松林"也就因此而出。

深隐于万松林间的李德立的别墅只一层楼，坐东朝西。四面墙中有三面是以窗代墙。一长排从屋檐一直落地的横推式大玻璃窗，使得这座别墅颇有日本意味。玻璃却是彩色的，有如我们在教堂里常见的那种。当地人没见过这种式样的屋子，便管它叫“玻璃屋”。这幢房子东方色彩和西方色彩混为一体。有人觉得它混杂得十分和谐，别出一格，也有人却不以为然，觉得这种生硬地拼凑东西方风格，显得很蠢。以李德立的财力，完全可以盖得更艺术一点。不过，旁人不住它，又有什么资格评说？只要李德立和他的太太觉得好，那就是好的了。

从前一度很美的私人别墅都零落了，失修了，荒废了。这里百叶窗脱落了一半，那里天钩脱落了一截，角上窗扇眼看就要掉下来了。房子的后面垃圾成堆，看来没有什么进行修理和维护的动静。这些房子是属于谁的呢？

——西德建筑师贝歇尔《庐山的鞭策》

这幢别墅现在的位置是香山路479号。我第一次去的时候，它已破败得不成样子。隔了大约八九年，我再去看它时，它依然像先前一样破败。唉。

1921年，李德立被委派到澳洲进行商务活动。1928年后，他的主要活动转向了新西兰。他在那里开辟新的旅游胜地，不知这景点是否像牯岭这样有名。便是在这一年，他把他在庐山上的别墅卖给了一个叫李品求的香港人。

1935年12月31日，庐山英租界被正式收回。李德立做过的那笔不平等交易被彻底废弃。“永承庐山”之说也就随山谷中的溪流一漂而去，永远消失。

◎破败的林森别墅

1939年，75岁的李德立死在了新西兰。这个地方离他生活过33年的中国庐山很远，离他成长过22年的家乡英国肯特郡更远。

半个世纪后，李德立的孙女来到庐山，想要在庐山为其祖父立一块纪念碑，这个要求被断然拒绝。我不明白庐山为什么就这么小气，李德立改变了这座山的历史，这是客观存在，让大家知道这座山的往事，又有什么不好？就算他当年有过骗地的经历，可毕竟是他，让庐山有了今天。有时候过程显得特别残酷，而结果却出人意料。或许，这个话题，应该让历史学家来说更为合适。

时值今日，庐山别墅已成为庐山风景区的有机组成部分。作为近代历史的见证，石头的史书，它在中国建筑史上毫无疑问，具有一定的地位。

——张敏龙 姚赯《近代庐山别墅面面观》

李德立是永远离开了这个世界，但牯岭的别墅却是那样明媚灿烂。

◎云天别墅

赛珍珠住过的老屋

每年六月，当秧苗从旱地秧田插到水田的时候，也就是去牯岭的时候了……

——赛珍珠

VIEW OF UPPER PART OF THE ESTATE WITH RECREATION GROUND.

－当年庐山－

◎赛珍珠家附近的美国教堂

沿着庐山长冲河东路行走，可以清晰地看到斜上山坡的这一片别墅区规划得多么有章有法。与沿河的道路成直角的小径几乎等距离地向山上延升。一律的石板路面，路两边一律有低低的墙垣，墙垣下一律流着潺潺的溪水。汇聚着世界诸多民族风格的房子，便在这面广阔的斜面上展开。它们是李德立们最为得意的一片别墅区。1921 年，李德立曾组织汉口的美国传教士编辑过一本书，书名叫《庐山的历史》，这本书将这一带，称作“中央别墅区”。

在这片号称为“中央别墅区”的地盘上，原爱普华氏路 79 号，现在叫作中三路 283 号的地方，矗立着一座教堂。在 1919 年的牯岭租界地图上，它被叫作“耶稣升天教堂”。这座教堂始建于 1910 年，而在它之前，这地皮属于安徽省安庆市美国基督教“圣公会”。1896 年 11 月这家圣公会从李德立手上买下这一

◎赛珍珠一家

块地皮后，曾经盖过一幢别墅，但在1905年后，他们却把这座别墅拆了。于是这块地皮上就有了这座教堂。人们习惯叫它美国教堂。

美国教堂给人的感觉是不规范的。它充满动感但又显得那么沉稳，它似乎哪儿都不对称但又哪儿都和谐，它颇有“哥特”式建筑的味道，但它又格外细心地删除哥特建筑风格中无法与庐山自然融成一体的部分，它的墙体以粗糙的石块堆砌而成，突出的扶墙有如苍劲有力的骨骼，野性十足，仿佛追求一种自由而粗犷的气质，然而石块的凹入和凸出实际上都极有节奏之感。说它是庐山别墅中的杰作，一点也不为过。

这座教堂已经有着近百年的历史了，它的每一块石头和每一个细节都展示着百年的风雨沧桑。上世纪五十年代后，教堂已成虚名。它划归为庐山工人疗养院，每到节假日，这里便用来作舞厅。中共中央在庐山开会期间，各大领导也都曾来此处跳舞解乏。管风琴的声音却从此消失。

但这些都不是我在此要说的内容。我要说的事与一个英文名字叫阿布索伦·赛登斯特里克、中文名字叫赛兆祥的美国传教士有关。他在1931年前，几乎每年的夏天都要到这座教堂里来布道。他的家距此不远，从教堂的一侧斜上坡去，那里有一幢小小的别墅，亦是石砌而成的房子，这就是赛兆祥夏天来山上居住的地方。

或许传教士赛兆祥本人也不是我们所关注的人物。在1892年几乎已是深秋的日子里赛兆祥来到中国时，他的太太卡罗琳手上抱着一个不到半岁的女婴，这个女婴才是我们的视点所在。女婴的英文名字叫珀尔·赛登斯特里克。她的童年和少年都在中国生活，她为自己起了一个中文名字：赛珍珠。1938年，赛珍珠荣获了诺贝尔文学奖，她的小说内容几乎全部都与中国人有关，为此之故，赛兆祥以及这幢漂亮的教堂和那幢毫不起眼的别墅对于我们来说，就有了另外的意义。

1892年赛兆祥携带着妻女，来到了长江边的小城

◎赛珍珠家的别墅

镇江。从资料上看，他并非这一年首次到镇江来。早在 1887 年，他便来过这里。美国基督教南方长老会在镇江的局面就是他开辟的。他的妻子差不多是一做了新娘就跟着他到了中国。她在中国生下四个孩子，可是却有三个死于当时无法防治的“热病”。这位传教士的妻子因为这接二连三的打击，几近崩溃。于是她被送回到美国。在美国休养期间，她生下了这个为她的家庭带来莫大荣誉的女儿赛珍珠。

赛珍珠的童年正是在镇江长大。在那里，她家有一幢宽敞的平房，房子是白色的，有着可供乘凉的拱廊。她的父亲赛兆祥不愿意在租界里与他的同族以及富人住在一起，他坚持要同穷人共同生活，因此，赛珍珠是在中国人圈子里长大的。她常常和朋友到金山寺去玩，那时的金山寺不知是不是座岛屿，总之它被人们叫“金岛”。

镇江像长江沿岸其他城市一样，每到夏天，便成火炉。流行病也在这个季节里格外猖狂。尤其是“热病”和疟疾，令洋人们谈之色变。于是，当李德立叫卖庐山这片清凉土地时，传教士赛兆祥便于 1897 年 1 月 14 日，买下了当时称为 86A 的一块地，面积有 1727 平方米。他几乎是第一批购地者之一。他在这块土地上，盖了一栋小小的别墅，以供妻女在暑季前来度假。

◎美国小教堂内

同许多人家的别墅相比，赛兆祥的这幢显得小了一点。它的建筑面积只有140平方米，仅一层楼。这幢一层楼的石头别墅，有着敞开式的外走廊和传统欧式的老虎窗，淡雅朴素而富于实用。

一到夏季，赛兆祥的一家便来这幢别墅避暑。“每年6月，当秧苗从旱地秧田移插到水田的时候，也就是去牯岭的时候了。”“距我家不远处，有一眼山泉。泉水从山顶上流出，晶莹透澈。这里的生水可以饮用，简直成了我们的高级饮料。”赛珍珠曾经这样记忆她的童年。儿时的赛珍珠每天的任务，就是在早上攀上她家屋后的山岭，采摘回来一大把鲜花，从不间断。她喜欢采摘紫萁和百合，但有一种黄色的百合她却从不采摘，因为这种百合的花期只有一天，她心疼它生命的短暂。

在庐山居住期间，仿佛是离开了中国人的世界和他们的同族人住在了一起。于是他们按照自己的方式生活。传教士们举行礼拜会和讨论会，商人和他们的妻子们则举行桥牌会和舞会。他们又是郊游，又是野餐，每周都有一次专为娱乐而举行的集会，网球比赛也是必不可少的节目。至于茶会、聚餐以及经常性的互访，更使得山上的生活充满乐趣。教会还要开办神圣的音乐会，赛珍珠的母亲曾经在《弥赛亚》等神剧中参加过演唱。

庐山快乐如斯，可夏天的庐山突如其来的山洪也曾给赛珍珠带来过莫大的恐惧。有一年，她的邻居，一位孀居的美国妇女为她唯一的六岁孩子做生日，她带着孩子到附近的一条小溪边庆祝，正吃饭时，她听到一声巨响，抬头一看，洪水已然咆哮而下。她惊恐地拉起孩子的衣服沿着峡谷边向上爬。当她爬上后，发现自己手上抓的不是孩子的衣服而是自己的裙子时，她吓呆了，而此时孩子已经被洪水冲走。这件事给赛珍珠的心灵甚至整个庐山，都涂上一层浓重的阴影。

当赛珍珠成为一个青年人时，她便不再将这避暑的两个月用来聚会或是打网球，她将大量的时间都用去登山游览。她觉得中国诸多的避暑胜地，没有一个堪与牯岭媲美。在赛珍珠眼里，庐山不仅仅是个避暑的地方，而更是一个救生站。用李德立的话说“千万人的生命，因着牯岭得以保全，并非过言”。身患疾病的人们，不用回他的本土休养，只要来庐山住下，便能康复。因此山上有许多的医院和疗养所，许多人都在这里休养生息。

赛珍珠在她 18 岁的时候回到美国读大学，四年之后，因为她母亲生病，她重新返回中国，那已是 1914 年了。6 月初的一天，22 岁的赛珍珠把病中的母亲送到庐山休养，自此，她在山上整整住了一年。这一年，世界大战打得正凶，但居住在山上的赛珍珠却仿佛与世隔绝。在山上，她每天都要读汉语书，然后久久地在树林里散步，那时候，她就已经拿定了主意，她要当一个作家。

正是在赛珍珠的母亲疗养期间，她们把旧房子拆了，盖了一座稍稍大一点的房子。赛珍珠的母亲希望这新房子可以用来给赛珍珠和她的妹妹结婚生孩子时用。冬天的时候，避暑的人们都走了，赛珍珠和她的母亲搬进了低处的山谷里，那里容易搞到食物和煤，同时，医生为赛珍珠的母亲看病也方便一些。她们住进了一家瑞士人的房子，在那里，赛珍珠度过了她人生中最孤寂的一个冬天。

冬去春来，母亲的病终于好转，于是赛珍珠独自下了山。这之后的赛珍珠在中国开始自己的谋生，然后她结了婚。随丈夫住在徐州后，她又移居南京。1921 年 10 月，赛珍珠的母亲久病之后，终于逝世。悲痛之中，赛珍珠充满着一种想要让母亲永生的愿望，于是，她坐到了桌前。在怀念之中，她把母亲的经历写成了一本书，这时的她并没有意识到这就是写作，她只想等她的孩子长大后，拿出来给他们看看。写完后，将它封入一个匣子，然后置放在一个高高的壁橱里。

第二年的夏天，赛珍珠带着孩子和她的妹妹如同以往那样来到庐山避暑。8 月的一个下午，她突然内心冲动不止，万千的字句都涌上心头，她迫不及待地想要把她心里的字都写出来。于是郑重其事地向所有人宣布："就从今天起，我要开始写作了。我终于要动笔了。"

她果真就开始动笔了。在这间石砌的朴质无华的别墅里，她开始了真正意义的写作。她写作的时间是中午，所有人都在午休，她却穿着蓝色的绸袍，端坐在一台小小的打字机前，一个字一个字地打下了她最初的作品。在庐山，即使是中午，从山谷里吹过来的风也仍然是那么的清凉。山上的树惊人的浓绿，在凉风的轻抚下，自由自在地在窗前摆动。赛珍珠写下的是一篇随笔，名为《也说中国》，写完后，她把它寄给了《大西洋月刊》，她觉得初学写作的人都会先往这儿投稿。一连几天，她都为自己的文章而感到兴奋。这篇文章果然就在那份月刊上发表了。这是 1922 年，这一年的赛珍珠满 30 岁。她发表了她的第一部作品。从此她带着庐山午间的凉风走上了写作的道路。

自这年后，赛珍珠便不断地写作。这期间她曾经回到美国，在康奈尔大学拿到了英国文学的硕士学位。随后她又回到了中国。在 1927 年的北伐混战中，她几乎丧命。阅历常常是一个人写作最重要的冲动。而侥幸活下来的她，便开始了她最重要的作品《大地》的写作。

这本书在 1931 年出版。在此前一年，她出版了她的第一部小说《东风·西风》。然而，正是这个 1931 年，赛珍珠 80 岁的老父亲赛兆祥在他的庐山别墅里逝世。

赛兆祥是一个极其尽守神职并且格外热心的传教士。他总是抱着拯救人们灵魂的愿望为上帝四处奔走。他对传教工作专注到了几乎置妻子儿女于不顾。他常常长途旅行外出布道，他走到某一个城镇或乡下，坐在茶馆里等有几个人聚到一起，便开始他的讲话。或者是走到某一个地方，租一间朝街的房子，弄几条长凳，搭起座小小的教堂，然后布道。当有了几个皈依者之后，他就交予他们打理，然后自己又奔向另一个地方。

赛兆祥出去布道，经常受到敌视。有人打他，有人抢他，有人向他扔石头，这都动摇不了他的决心。有一回，他一觉醒来，发现一个人手拿菜刀站在他的面前，他便大声祈祷，叽里咕噜的英语把刺客吓住了，他问赛兆祥在说什么，赛兆祥告诉刺客他是在向上帝祈祷，还说如果刺客把他杀了，以后就会受苦受难。结果这个刺客闻之立即扔下菜刀逃掉了。还有一回，他在他的教堂里布道，他想让人们更多地知道上帝拯救他们的旨意。他讲的时间长了一些，于是听众们开始纷然离席。在中国，一个人只要自己愿意，他可以随时离开庙宇，但赛兆祥似乎对此有些不习惯。正当他颇觉尴尬时，一个中国的老太太发现了这一点，于是她转过身对那些要走的人们说："别惹这个好心的洋人生气。他是来我国朝圣的，为的是能到天堂里享福，让我们帮助他拯救他的灵魂吧。"这一番反客为主的话，令传教士赛兆祥目瞪口呆。

1931 年的这个夏天，赛兆祥像往常一样，到庐山避暑。赛珍珠妹妹一家人住在牯岭。他在那里同他的老朋友和女儿一家度过了愉快的两个月，当他正欲回到赛珍珠家时，突然得了痢疾。痢疾使这个老人很快垮了下去，没几天，他就撒手西去。

那时候，特大洪水正在长江泛滥，江水肆意地从上游奔腾而下，所有的船只都停航了，赛珍珠根本无法前往庐山奔丧。这件事成为她心头永远的创痛。这个老迈的传教士几乎一生都生活在中国，最后他像他的太太一样，把自己的遗骨也留在了这个他热爱的国家。他的埋葬地就在庐山。他另外还有四个孩子也都葬在中国，他们中有三个在上海，一个在镇江。他把自己的一切都献给了上帝。

赛珍珠将父亲的经历写成一本书，这本书的名字叫《奋斗的天使》。她又将她十几年前写下的关于母亲的回忆录找了出来，取名为《流亡者》。这两本书都在 1936 年出版。正是因为这样的两本书，使得她获得了 1938 年的诺贝尔文学奖。很多人认为赛珍珠是因为《大地》一作获奖，其实并非如此。

父母双双逝世后的赛珍珠姐妹，很快将她们在庐山的别墅卖掉。1934 年，赛珍珠回到了美国，从此她在自己的国家里定居下来。这一年，她已 43 岁，她的祖国对于她来说，远比中国陌生。

这幢别墅卖给了一个中国人，后来它又经过怎样的转卖，已经弄不清楚了。现在这座房子隶属于庐山管理局。有一户普通的中国人家住在里面。

1986 年，赛兆祥的孙子戴维应聘到上海外语学院任教。11 月，他到庐山来寻找他祖父的房子。他在 4 岁时，站在这幢别墅的台阶上照过一张相，8 岁以后，他就再也没有来过。岁月流逝，他已经完全记不清那幢房子的面貌。直到他突然间看到了东坡驳坎处一条石缝，才猛然把他童年的记忆唤醒。他一下子就认出了自己曾经住过的别墅。8 岁那年，他和姐姐在这里玩耍，发现了驳坎石缝里有一个蜂窝。他捡了根棍子，捅了捅蜂窝，被蜂子大叮了一场，半面脸都肿了起来，从此不敢忘记这条石缝。看着自家的老房子，他欢声地叫着：上帝为我作证，我家住的是这栋房子！

然而，他却没有找到他祖父的墓地。

直到 1991 年 4 月 6 日，庐山上的作家罗时叙先生，在距赛兆祥的别墅约 100 米处发现了赛兆祥的墓碑。这块墓碑被嵌在了 243 和 241 号别墅西侧的石板道上。它长一米，宽 78 厘米。上面写着：

永在爱的怀念中

阿布索伦·赛登斯特里克

1852 年 8 月 13 日生于美国弗吉里亚州的荣克沃特

1931 年 8 月 31 日逝世于中国江西的庐山牯岭

赛珍珠于 1974 年去世。她死在美国葬在美国。她永远只能与她死在中国葬在中国的父母隔海相望。

人倚松门

犹有酒杯邀对饮，石根虫语落栏杆。

——陈三立《中秋夕山居看月》

CHAIR MAKING THE ASCENT.

－上山的路－

一

修水在江西的西北方向。从地图上看上去它显得那样偏僻和清冷，没有铁路从它的身边蜿转而过，要从它那里走到省府南昌，沿着起伏而弯曲的马路而行，实在是要花上不少时间。但这个地方的山水却很有灵性——它会蓦然间出个大名人吓你一跳。大诗人黄庭坚就是一个。宋代最大的诗歌流派——江西诗派就是他创立的。

在修水层层叠叠的群山中，夹着一个毫不起眼的山沟叫桃里。沿着山缝的高低蜿转，要走很远很远才能到达山沟中那个叫竹塅的村庄。村里有一户从福建迁来的姓陈的人家。很多年前，陈家一个青年翻过门前的大山，走到了山外。似乎没用多久，桃里人突然发现，这个走到山外的陈姓的青年已经将陈家变成一个名满天下的家族。

这个青年便是陈三立的父亲陈宝箴。他官至湖南巡抚，清末以支持维新变法而著名。他是全国唯一一个响应和从事变法的封疆大吏；他的儿子陈三立是同光体诗派的领袖，清末民初诗坛泰斗，引领一代诗歌潮流。而陈三立的长子陈衡恪是近代著名画家，诗也写得清新刚劲；三子陈寅恪，则是一代史学大师，学贯中西，多少人一提他的名字就肃然起敬；陈三立的孙子陈封怀是著名的园林专家，庐山植物园的开创者之一。如此的“一门五杰”，让深山中的桃里，放射出万丈光芒。

现在，我们要说的是来到庐山的陈三立。

1929年11月，陈三立已经77岁，他一直过着闲云野鹤似的生活。这当然不是他的本意。当年他的父亲陈宝箴支持谭嗣同、梁启超他们维新变法时，陈三立亦在其父一侧，襄与擘划。与谭嗣同、徐仁铸和陶菊存并称为“维新四公子”。然而变法失败，陈三立与其父同被革职，永不叙用。从此他远离官场，只做了个袖手旁观者，所有的慷慨之志都付之东流。大多的时候只与友人诗文相遣。在他母亲去世后，陈三立将母亲葬于南昌附近的散原山，然后自号“散原老人”。他给自己在南京的房子取名为“散原精舍”，给自己结集出版的书取名为《散原精舍诗》，这是典型的诗人做派。

77岁的陈三立也就是散原老人，已在上海寓居三年，乡愁一直是他心中千缠万绕的一块结。虽然是深秋时节，庐山的寒气却已然来临，迎风而行有如冰霜扑面，可散原老人还是由次子陈隆恪陪同，逆流而上，登上了庐山。庐山尽管已经有了比较像样的道路，但汽车仍无法到顶。好在终点站莲花洞多的是讨生活的轿工，一趟抬下来，可得八毛钱，一家人的生活便有了着落。老迈的散原老人自然是靠了轿工的一顶大轿抵达他的新居门口。

轿工放下轿子时，并不知道这个老人会给庐山带来些什么。但庐山却在他抬腿下轿之间，的确就多出

万松林集社诗序

庐山牯牛岭为海内外人士避暑之所，今岁争趋者逾众，中杂骚人墨客以能诗鸣者亦不下数十人。一日，此数十人者期集万松林别馆，戚责赋诗纪遇，因援远公游庐山诗，分摘诗中字为韵。余以荒老久废篇什，顾不弃其如暗蝉，要遮接踵，遂强一至而赘其列焉。于是振响穹壑，飞笺络绎，蔚为巨观。复有未及与会，闻风投咏者。庐山游客唱酬之盛，盖旷千岁始获擅兹一时也。《记》曰“君子以文会友”，又曰“登高能赋”。今诸子把臂入林，群鸟在枝，殆有感于求其友声，效嘤鸣之相乐欤？抑国势岌岌，迫危亡之会，无所控诉，姑假以写忧而忘世变欤？凡得诗若干首，辑而授印，佥督为述发兴所由云。癸酉（1933年）初秋　散原老人陈三立，时年八十有一（注：时为民国二十二年）。

◎庐山一景——虎守松门

了许多的内容。这个一直被传教士、商人和官员等诸多有钱人用来消闲度暑的地方，也因为这个老人的到来，拥有了更多文人的雅致。

据说一些舞文弄墨者闻知散原老人上山，莫不欣喜若狂。

二

牯牛岭脊南，松林蓊郁。李德立当年的别墅距此不远。传说李德立曾经在他的房子附近种下万株松树，不知这一片松林是不是他当年手植。在夜晚，松涛声有如庐山的歌声，风轻是吟，风狂是啸。每当月光如水的日子，松林便如仙境，不存一丝杂芜，清静幽雅令人陶醉。因为这个，它成为庐山上一道著名的风景：月照松林。

散原老人的“松门别墅”在“月照松林”一侧。

和那些传教士的别墅相比，它在外表上倒没有显示出特别的艺术个性。红色的雨淋板虽然醒目，但山上别墅用这种色彩的雨淋板为数不少；半敞开的外廊

◎景白亭

◎花径的门联是李卓翁所书

仿佛欲将山色收入屋里，可类似这样的走廊在山上别墅中也随处可见。如此这般，松门别墅从建筑角度看，也就没有什么特别稀罕之处了。说来也只是一幢给人居住的普通别墅而已。但是，一座普通的屋子住着一个什么样的人，常常显得比房子本身要重要得多。于是，这个人，也就是陈三立，我们的散原老人，注定了一幢普通别墅的流芳百世。

从山下往高处走，穿过一小片松林，松林里有两棵松树相对而立，形成一道窄窄的天然的松门，这是别墅的屋后。顺着别墅再往上行，路的一侧，满是形状各异的巨石。距别墅正面数十米处，亦有两棵松树相对而立，此二松间距稍宽，便如一道大门。“松门别墅”想是因了这前后两道松门而得名。路口的一块巨石刻着斗大的四字：“虎守松门”。笔笔苍劲，字字生风，仿佛能看到写字者当年的豪情——这是散原老人的题字。题字旁落有一行字:“庚午九月，将去山居，留题门前石，散原老人陈三立。”庚午年即 1930 年。

1929 年底，陈三立住进了他的松门别墅。清新而纯静的大自然，似乎洗去了他失意于仕途的郁闷，也遣散了他苦思于家乡的伤感。游历庐山以及交友写诗顿成他在此时此地的主要生活内容。

很容易想象得出散原老人这个白发老翁拄杖行走在青山绿水之间的飘逸与潇洒。他当然是一袭长袍马褂，他当然是一双青面布鞋，最重要的，他当然要自我陶醉地吟诗，他作诗当然要用毛笔和宣纸，他的诗一出手当然就在山间传诵。这真的是让现代人羡煞了的浪漫和风雅。正是在这山间的松门别墅里，他写下了许多的诗。他的诗集名叫《匡庐山居诗》。他的诗思深理厚，而不失自家面目。原本就诗意浓郁的庐山，蓦然又添新的气息。

为这座山林城市和中外游人服务的各行各业，也都应运而生。据1930年统计，在山中经营杂货的，包括米、油、盐、瓷、茶、酒、海味，各种食品杂品的，共23家。其中外人经营的1家。经营旅馆业的8家，其中外人经营的1家，号仙岩旅馆，设备较好，收费也高，多为外人及达官贵人居住。经营洋货布匹的11家、西药房2家、中药房3家。书店有上海商务印书馆、中华书局两家的分店，并有专售外文书籍的书店。此外，还有1家五金店、2家家俱店、1家藤器店、1家铜器店、1家铁器店、4家成衣店、5家理发店、3家皮鞋店、2家照相店等，共约70家。另外，有中国医院1处、外国医院3处，匡庐小学1所、英国学校1所、美国学校1所、儿童游戏场1所、浴池1处、游泳池5处、电影院1座、网球场18处等。

——周銮书《庐山史话》

三

湖广总督张之洞有个高足叫李拙翁，也是位博学才子。说起来他与我家还有些渊源。我的曾外祖杨赓笙是他的弟子，在李拙翁八十三岁时，曾外祖曾经出过一本《伏枥轩五种诗钞》的诗集，书名便是李拙翁给题的字。李拙翁的书法苍劲，颇有逸致。

民国以后，这李拙翁浮沉于幕僚间，甚不得志。后有命调其至江西彭泽就任，官职自是不大，他却万分欣喜，声称“今吾其为陶渊明乎”？然后刻了个“彭泽令”的章子，也不去彭泽上任，跑到了庐山大林寺旁隐居了下来。1930年的一天，他与朋友过掷笔峰时，见有石工正在伐石筑室，石旁有“花径”二字，他觉得这两个字颇有异样，便让石工停伐。经他审读和考证良久，确定这是一千年前白居易的手迹。这一发现可谓惊动满山。这个不理政事的李拙翁，邀上山间所居诸多名流，又是开地又是捐款，意欲建亭以作纪念。作为诗人的陈三立自然也为之而激动，立即应邀入伙。1931年，他们兴建了花径的石牌坊，又修建了景白亭、花径亭。这样的大事情，无诗怎行？陈三立兴意盎然，写下了《景白亭记》，记录了建亭的经过。这篇文章刻在了一块大石碑上，这块石碑至今还立在景白亭前。

花径大门上“花开山寺，咏留诗人”之联刻，便是李拙翁所书。花径已然成为庐山著名的风景点。有风光有历史有传奇有诗意，凡上庐山的游客，能有几人不看花径？

庐山上还有一个高人叫吴宗慈。他是著名的方志专家，对前辈散原老人自是景仰，同居山间，免不了坐在一起闲谈。谈及牯牛岭如何被洋人租借的始末，发现知道这件事的前因后果的人极少，而这样的大事实实在在应该让后代明晓。说话间就觉得应该把尚是康熙年代修过的《庐山志》重新修过。文人做事，丁是丁，卯是卯。重修山志之议一提出，立即得到众人响应。具体撰写，派给了吴宗慈，我们的陈三立老人则总持其事，并为之作了序。用现在的术语，这真是一件重大的文化工程。从 1930 年到 1933 年，吴宗慈整整用了三年时间，修好了《庐山志》，这本山志，一直沿用至今。陈三立在“序”中说：“牯牛岭一隅，为海客赁为避暑地，屋宇骈列，万众辐辏，寖成一都会，尤庐山系世变沿革之大者，不可不综始末，备掌故也。”庐山文化所以能积淀成千层厚万层厚，真也离不开散原老人这样的明智之人也。

有一天，吴宗慈告诉陈三立，庐山山北有一个王家坡瀑布，其峭丽幽奥，险仄诡幻。去往途中，听得流水潺潺，望之却觉无路。倘攀过一个仅一人宽的石

松底秋风翻两袂，
杂随妇孺探胜地。
长谷横出小天池，
斗下荦确沙石碎。
再折冥濛径路绝，
披拂榛莽穿荒翳。
絓衣牵发甫脱免，
乱石磊磊堆无次。
舆人掷我剑负行，
跳践圆尖锋刃锐。
俄惊轰腾声震壑，
瞥双白龙窜岩背。
潴为潭水清且深，
苔痕草色浸苍翠。
更循铁壁寻瀑源，
或挟而登蹲而憩。
突兀银潢一道开，
鬼斧劈削灵槎逝。
吹泻峥嵘复蜿蜒，
疑是骊龙抱珠睡。
云中见首独垂胡，
下饮碧海光景丽。
蒸浮日气生绮文，
投浴几辈欧凫戏。
列坐盘石罗酒胾，
箕踞窥瞰神魂醉。
获此奇胜冠山北，
唐宋诸贤所未至。
凿空忠今十载前，
始遭海客发其秘。
颇悟造物无尽藏，
亦缘阻险保幽邃。
衰老力弱摹状穷，
安得柳州为作记。

——陈三立《王家坡观瀑》

◎双溪

壁，便可见一对瀑布，飞流而下。瀑下有一泓碧潭，四周怪石参差，山上避暑的洋人们常在其间游泳。这么好的一个地方，却因为没有名贤雅客题词作诗，从而不被外知。一席话说得陈三立兴起，寻得一个秋高气爽的日子，便同吴宗慈以及一干山邻约二十人，前往王家坡看瀑。

照眼一墟落，
疏筑副天造。
高下缀蜂房，
炊烟笼窈窕。
引投木杪庐，
列岫暖相保。
籁寂石气盈，
涧枯泉响小。
壁灯射盘蔬，
饥躯就一饱。
侵夜山风喧，
兴亡迹俱扫。

——陈三立《己巳十月别沪就江舟，入牯岭新居》

从松门别墅到王家坡瀑布，路程既不短，亦不是阳关平道。十几里山路是要走的。这对于一个四体不勤的老人来说可不是一件易事。东下小天池后，向鞋山行六七里路，北入荆榛，然后弃车步行。老人陈三立则由车夫背负而行。行到瀑下，见瀑布忽而烟霏雪翻，忽而滚珠泻玉，实在是风景绝胜之地。吴宗慈一行人，枕石濯足，拾松煮酒，陈三立一旁看得大为开心，顾而乐之后，立即题上“洗龙碧海”四字，又为潭题名为“碧龙潭”。后来这四字被刻在双瀑侧潭大石头上。果然与瀑与潭一起，成为一道风景。用吴宗慈的话说：“一时同游者逸兴遄飞，泉石亦为之展颜吐气。”陈三立观瀑至此，又写了《王家坡观瀑》一诗，似乎仍然意犹未尽，想到前来观瀑，路却难行，他便又发起募款修路。路修罢，又建亭，谓之“观瀑亭”。有亭须得有记才雅，于是又挥就一篇《听瀑亭记》。此记刻在石碑上，石碑立于观瀑亭旁。文人雅士读之诗，阅之记，登上庐山，个个都盼得能够一见王家坡双瀑。看过后，也写诗也写记。王家坡双瀑就这样在文人们的击节赞叹声中，一天一天地有文化意味起来，于是它也就一天一天地变得更加美丽。文人一动笔，风景立即就有了文化。它就不只是单纯的风景，而被注入了人文的内涵。游人们也慕名而至，王家坡双瀑到底成了庐山上著名的风景点。

四

山上的冬天，常常是白雪皑皑。山风从峡谷中呼啸而过时，简直令人不敢想象它在春天时曾经那样温柔和轻盈过。陈三立在他的松门别墅中住了五年，我很难推测他在这五年里是怎么度过漫长而又寒冷的冬天。

因为他的名气太大，乐与他诗来诗往应答唱和的诗人真也不少，庐山许多诗人的诗中都有提到“散原老人”的字样，甚至有人因为新居距松门别墅不远也欣然作诗，有一首诗名就叫《新居距散原翁甚近喜赋》。可是这一切轻松而惬意的交往真能叫一生忧国忧民的散原老人心情轻松么？有一天，前来庐山避暑的蒋介

◎松门别墅屋后的扶墙和红色的鱼鳞板

石也附庸风雅，表示想要见一见陈三立。但却被心高气傲的散原老人拒绝了。他说他已经是一个不闻世事的世外之人，即便会面，也没有什么可谈的，我看还是不必来见吧。这副文人的架子拿得是多么漂亮！

虽然自说自己是世外之人，但以他轰轰烈烈过的人生道路来看，他又怎可能做到真正的出世呢？

1932 年，日本人侵占上海闸北，居于牯岭的陈三立，日夕不宁，坐卧不安，他到邮局订下了《航空沪报》，每日观看局势的进展。忧愤之心，溢于言表。就连晚上做梦，都在惊喊着："杀日本人！"把全家人都惊醒来。他当年的好友郑孝胥投靠了日本，协助建立了伪满洲国，气得陈三立痛骂郑孝胥"背叛中华，自图功利"，然后又将他再版的《散原精舍诗》一书中删去原来郑孝胥为他写的"序"。陈三立的诗一直与郑孝胥的诗并称为"陈郑体"，这一回，他们彻底决裂。

1938 年，庐山陷入日军的铁蹄之下。但在此之前的 1934 年，陈三立便已离开庐山，住进了北京。京城的生活，并不比庐山轻松。1937 年卢沟桥事变后，人们开始四下逃亡，然陈三立却表示："我决不逃难。"陈三立业已坎坷了一生，现已是 80 高龄的老人，他早将自己的生死勘破。正是这年，北京沦陷。日本人

◎陈三立题字：洗龙碧海

◎松门别墅前的乱石与松林

拼命寻找中国名士出来为其说话做事。骨头软的人自难渡过这道关口。骨头硬的却自有自己的办法。日本人来向陈三立招安了，希望他能出面，陈三立一口拒绝。但日本人却不肯轻易地放过他，日日派人在他门前侦察窥视，气得陈三立老人怒不可遏，大呼佣人用扫帚将门前那些走狗撵走。

我不知道是因为这件事本身，还是因为国家的灾难，或许二者因素皆有，总之，眼前的一切，都足令陈三立伤痛欲绝。自这天起，他开始绝食，五日不食，忧愤而死。这一年，他 85 岁。

像陈三立这样的硬骨铮铮的诗人，如此以死抗辱，你怎么能不对他肃然起敬？！

五

庐山被日军侵占了六年之久，庐山人遭到的不幸无法用言语表示。所幸的是，松门别墅这座曾经让陈三立老人度过五年光景的房子，逃过了这场劫难。

1945 年，陈三立赫赫有名的三儿子陈寅恪在成都养病时，曾写过一首《忆故居》的诗。诗序中说："寒家有先人之敝庐二，一曰峥庐，在南昌之西门，门悬先祖所撰联，曰：'天恩与松菊，人境托蓬瀛'。一曰松门别墅，在庐山之牯岭，前有巨石，先君题'虎守松门'四大字。今卧病成都，慨然东望，暮境苍茫，因忆平生故居，赋此一诗，庶亲朋览之者，得知予此时之情绪也。"诗为："渺渺钟声出远方，依依林影万鸦藏。一生负气成今日，四海无门对夕阳。破碎山河迎胜利，残余岁月送凄凉。松门松菊何年梦，且认他乡作故乡。"读之令人倍觉凄然。

这个值得纪念的松门别墅至今仍然立在月照松林的一侧，在它的不远处，"虎守松门"四个大字也依然清晰可见。只是它的外貌在岁月变迁中，或多或少有了一些改变。陈家已经无人住在庐山，新近听说，陈家的后代准备把陈寅恪的骨灰安葬在庐山，墓址便选在松门别墅附近。在听到这个消息时，不知何故，我的心竟是怦然一动。

松门别墅现在住着几户山上的居民。呜呼，他们何曾知道，这房子的主人曾经给庐山带来过多少话题。

多么想这幢松门别墅能恢复原状，然后，能看到在它敞开的回廊上，有一个充满睿智充满诗情的白发老者，坐在那里或沉思或低吟，然后拈起毛笔，一挥而就，洁白的宣纸上顿见一首誉满天下的诗来。总觉得，好诗就是这样写出来的。

传教士杨格非

他们虽然是西方殖民侵略、宗教侵略的十字军，却因历史的错位成为中国早期现代化运动的同道者和参与者。

——周积明《最初的纪元》

－初见雏形的庐山别墅－

◎充足的水源，明丽的阳光，一望无际的风景，这就是汉口峡。

1601年1月4日意大利传教士利玛窦身穿儒服来到北京城，此后的四百多年间，各国传教士接踵而来。他们的到来，使得中国的门户一点点地打开，中国人的目光也随着大门的打开一寸寸地向外伸展。教科书告诉我们：传教士们带来了西方的宗教、西方的文化和西方的科学，但也带来了西方的野心和西方的侵略。因为每一个传教士都天然与其本土殖民势力血肉相连。他们在自觉不自觉中，都为本国的殖民利益效劳。隔着时间的帷幕，我们已然无法看清其间真实的场面，但一百年前那些令中国人深觉耻辱的条约，至今还嵌在每个人的印象之中。正是这些被污辱和被伤害的记忆，使得今天我们一提及传教士，便不由自主地联想起那一幕幕不堪回首的往事。以至于具体到某一个传教士身上时，我们不知道应该对他作怎样的评价。

如此这般，对某些善良的只为宗教而来的传教士来说，或许不太公平。所以，我想，等等，再等等，让时间过得再久远一些，或许我们的认识会更加清醒。

庐山上曾经住过太多的传教士。清点这里的别墅，那些有着百年历史的老屋，他们最初的住户，几乎大多是传教士。

庐山有个地方叫汉口峡。长冲河从大月山西麓发源，正是经过这个峡口，再流向东谷。汉口峡原先没有名字，1895 年，英国苏格兰国家圣经会汉口教会为这个峡口似乎也是为了自己，指点江山，取下了汉口峡这个名字。从此，汉口峡这三个字就永远地留在了庐山的版图上。充足的水源，明丽的阳光，一望无际的风景，使得拿到庐山土地的传教士李德立，最先开发了这一片土地。

1896 年，一个著名的传教士登上了庐山，顺着汉口峡南坡往下走，他相中了这里的一块地。对于他的到来，李德立必定欣喜若狂。因为他名声响亮，华中地区几乎没有人不知道他的名字。名人总是具有特别的号召力，李德立这个“生意精”自是深知。

◎汉口峡 157 号

◎左图：近代最早到汉口的基督教传教士杨格非（左一）
◎右图：牯岭上身着中式服装的传教士

这个传教士的名字叫杨格非。

杨格非在他上庐山的前 41 年即 1855 年，就来到了中国。那一年，他二十四岁。他带着他新婚的妻子，在海上走了四个多月，从春天的 5 月走到秋天的 9 月。这一趟航程走得人精疲力尽。初踏中国土地时，他甚至还能感觉到脚下的晃动。这位身材矮小的英国人杨格非就是这样踏上了他漫漫的中国传教之旅。

有时候，人选择自己的一生是很奇怪的，仿佛冥冥之中就有安排，有些事情就该他去做，比如杨格非。

1831 年的冬天，杨格非在英国的威尔士出生了。这是一个不幸的孩子，在他 8 天的时候，母亲便一病而亡。她的去世显然与诞生杨格非这个小生命有关。这件事对杨格非的心灵也一定有着深刻的影响。以后，杨格非便跟着他的姑母长大。他的父亲是一个工厂的监工，家境也颇是寒微。他 12 岁就到一家店子里当了学徒。这家店子的主人十分器重他，很想培养他。但小小年龄的杨格非却对此毫无兴趣，他一心只想献身宗教。于是，他从 14 岁起，就开始布道。他非常擅长演讲，听过他布道的人都对他的评价甚好，觉得

◎庐山上的英国教堂

他似乎天生就是干这个的。17岁时，父亲去世了，他的生活更加穷困。靠了亲友的帮助，他进了神学院，成为一个职业传教士。

走出国门，到异邦传教，这是杨格非很早就有的愿望。可他初始却并未打算来中国，他想要去的地方是非洲的马达加斯加。只是在他决定去那个岛上之前，岛上的统治者正在赶杀传教士和基督徒，于是，他便被派到了中国。据说在他来中国前夕，教会为他和他的同伴举办了一个欢送会。当杨格非去参加欢送会时，看门的人却死活不许他进入会场。直到杨格非表明了身份，看门人才疑疑惑惑地放行。放行之后还忍不住大声说道："你们怎么派个小孩子到中国去呢？"这个看门人一定想不到，这个"小孩子"，在中国一待便是57年，成为著名的"街头传教士"和"华中宣教之父"。对传教士在中国的历史略有所知的人，都知道他的名字。

杨格非最先到的是上海。那时正是太平天国的时代。1853年，笃信基督教的洪秀全领导着他的太平军攻克南京，建立了太平天国。传教士们在太平天国初建时期纷纷到天京（即南京）访问。但是随着太平军的内讧和军事上的失利，从1855年到1859年间，传

◎石砌的窗子

教士们却不再去天京活动，他们似乎都在观望着等待着什么。1859 年，太平天国出现严重的内部分裂，洪秀全的族弟洪仁玕专程从香港去到天京，意欲辅佐他的兄长洪秀全。洪仁玕是一个真正的基督徒，他的抵达，令观望已久的传教士们大为快意。他们再次一批批地到达天京。1860 年在洪仁玕抵达天京后第一批前往太平天国去的人中，就有杨格非。

杨格非到那里去的目的是要从太平天国首领处获取一份宗教自由的诏旨，完全准许传教士到起义者的地方居住和传教。杨格非直接向被封为干王的洪仁玕提出这一请求。结果他成功了，他获得幼天王以天王的名义颁发的“宗教自由诏旨”。杨格非还问洪仁玕：“这个诏旨是否把太平天国全部开放给传教工作？”洪仁玕说:“是的。但是他们必须遵守太平天国的法律，不可触犯‘天规’。”

教堂的墙体由乱石水泥沙浆砌成。外墙石料粗糙，远看似一堆参差不齐的石堆。近看是一座古朴的教堂。礼拜时可容纳 500 人左右，体量虽小，但造型优美。

——彭开福《庐山历史发展的“三大趋势”与庐山的建筑》

洪仁玕的出山，并没有给太平天国带去多少转机。1864 年 7 月 19 日，天京陷落。曾国藩率领的湘军经过长久围城，终于摧毁太平天国。而实际上，三年之前，人们便已对太平天国深为失望。杨格非不愿蹲在上海等待时局的演变，1861 年，他带着妻儿溯水而上，来到华中重镇汉口。

据说杨格非一到汉口，便认为这里是他最理想的工作区。他曾与另一著名的传教士李修善爬到龟山上，两人指点江山，划分出各自的负责地区。杨格非初始

法国教堂

在汉口的花楼后街买下地皮，修建了礼拜堂，他们称它为“花楼总堂”，后又在武昌的弋甲营和昙华林购地。他和他的教会在这些地方修建了诊所和学校，当然，他们最主要的事情，还是不厌其烦地向人们传播上帝的声音。刚开始时，他们走民间道路，试图以他们的诚意和上帝的力量来传播福音。可是，中国人有自己的宗教，常常对他们的这种传播不屑一顾，使得他们打开局面十分困难。当时在传教士中就有着大小“铁门”之说。湖北的黄陂是个“小铁门”，而湖南则是个“大铁门”。后来，他们很快了解了中国，他们知道了中国的老百姓不怕洋人而格外怕官，于是他们改变了方式，走起了上层路线。在官方人士的帮助下，华中一带的局面迅速打开，大小铁门全都洞开。

◎法国教堂的窗子

传教士们对上帝的信仰以及他们以坚定不移的信念宣传他们的宗教，有时真不能不让人心生钦佩。他们往往能走到最偏远最穷困最封闭的乡下，对那里一些与世界几乎完全隔绝、生生世世都过着懵懂生活的农民宣讲他们的教义。他们能够抛家离子，在凄风苦雨中跋山涉水。他们一厢情愿地认为，他们是把真理和信仰带给那些最需要这些的中国人。1868 年，杨格非在他的一篇文章里写道：“我现在有一种前所未有的感觉：长江与汉水的各地，已经归在基督的名下；至于那些散居在这两条壮丽江河岸边数以百万宝贵的灵魂，我愿为之生，为之死。”

只是，那些杨格非愿意为之生为之死的人们却未必愿意理解他的这番苦心，也未必觉得自己的生活需要上帝。有一次，杨格非和一个叫马根济的英国大夫一起到乡下去。马大夫给人看病，杨格非则四处布道。数以百计的人好奇地跟在他们身后，走着走着，不知何故，好奇心变成了一种愤怒。他们朝着这些传教士大声吼道：“滚回汉口去！杀死洋鬼子！”然后便开始用泥块和石头向他们攻击。这些泥块和石头十分密集，以致他们被打得头破血流，难以前行。幸亏有几

庐山别墅的式样，大致可分为 12 个类型：

- 周边内廊敞开式
- 周边内廊封闭式
- 半封闭半敞开外廊式
- 外廊单亭敞开式
- 单亭封闭式
- 双亭封闭式
- 大坡度陡屋面式
- 古堡式
- 鱼鳞板外墙轻型式
- 单人字顶式
- 双人字顶式
- 四坡水屋顶式

——彭开福《庐山近代建筑的风格》

◎上世纪初筹建武汉博学书院时的杨格非牧师

个中国教徒的前后护卫，使得他们得以脱身。然而在回程之中，已是伤痕累累的他们，依然坚持他们的工作：马大夫继续为人看病，而杨格非则继续对人布道。这样的事情，在杨格非一生的传教生涯中，也不算少。闻知这些，真叫人感慨万千。

武汉的基督教发轫日，是从杨格非走下轮船一脚踏上汉口土地的那一刻算起。杨格非在这座城市整整住了五十一年，直到 1912 年他才离开中国返回他的家乡英国，而这一年他已是一个 80 岁的老人了。汉口的教徒们对杨格非有一种特别的崇敬之情，他们在 1931 年 12 月杨格非的百岁诞辰日，动工兴建一座在当时最现代化的礼拜堂，这座礼拜堂的名字就叫作“格非堂”，以示饮水思源。格非堂的铭记中说杨格非：博爱无我，大智不骄。设医兴学，建局译经，终身壮志，救赎福音，等等。只是格非堂在 1951 年改名为“荣光堂”。

汉口这个地方堪称中国三大火炉之最。每临夏天，环绕在四周的湖泊在白天将热气吸入，在晚间却将热气放出。湿闷的夜晚，让人难以入睡，就算靠了上帝也解脱不了这份闷热的痛苦。为此，汉口的传教士大半都来庐山躲避这炎热难挨的日子。

1895 年，杨格非的女婿施伯衍曾同李德立一起到庐山来勘察山地。施伯衍也是英国人，在汉口英国基督教伦敦会做负责人。他的小孩儿遭夭殇，幸亏到了庐山这个清凉的山区，才得以转危为安。或许与他的推荐有关，1896 年，杨格非也上山来了。他买下了汉口峡 3B 的这块地皮，而他的女婿施伯衍则买下了汉口峡 3A 的地皮。他们分别在自己的地皮上盖了一幢一层楼的别墅。两幢别墅式样大同小异，都是石砌而成，临河而立，有着敞开式的门廊，一派英国乡间别墅的风范，凝重，古朴，融在大自然中，别有一番优雅。

杨格非是著名人士，资格又老，故而被推举为牯岭“大英执事会”委员。他若开口说一句话，分量自是不轻。1901 年，杨格非等人以“西人纷至避暑，原租山地不敷栖止”为由，向清政府提出要求，将庐山下冲、草地坡、猴子岭以及大林寺四处都扩充为英租借地。一片败象的清政府，仿佛想都不想，便又把这些地签给了他们，轻率随意得似乎让人觉得土地是清政府最不稀罕的东西。

1907 年，杨格非在庐山写下了《中国的呼声》这本书。坐在汉口峡的这幢别墅的桌前，面对着河对岸的如画的风景，杨格非从容地写就了里面的文字。他一直都有着“写作能手”之称，他写过不少关于宗教的书，还将圣经译成中文。

◎汉口峡老建筑

1912 年，81 岁的杨格非终于回到他的祖国英国了。没过多久，他即与世长辞。1930 年，他的汉口峡 3B 号别墅转给了上海基督教伦敦会，但这房子很快便在日本人占领庐山期间被毁掉。现在立在这里的房子，已非原状。因此我们只能说，这块地皮，杨格非曾经拥有过。

杨格非在他逝世的前几年，说过这样一句话："如果上帝再给我五十年，我仍将都给中国。"

听到这样的声音，我们真不知有着怎样复杂的心情。

宋家王朝

将尽便须从此尽，桫椤树下碧参天。

——于右任《庐山》

THE LOTUS VALLEY.

－最早的建设－

一

1862 年，英租界上海运动事业基金董事会拨款一万两在苏州河和黄浦江交汇处的淤滩上建造公园。这座建好的公园名叫“公众公园”。但英租界当局却把华人排除在“公众”之外。他们在公园门口竖起牌子:“只准外国人入内”，“狗不得入内”，后又规定“戴口罩的狗可以入内”。这些牌子极大地伤害了华人的尊严，从而引起公愤。

许多年都过去了。有一天，基督教美国卫理会牧师宋耀如等人手持《圣经》来到公园门口，他们举行了一个“请取下侮辱我们的牌子”的和平抗议。宋耀如虽然英语流畅，可脸面却仍然是中国式的，巡捕自是加以拒绝。宋耀如却以一种不屈不挠的方式继续讲他的道理，巡捕不耐烦了，挥起手中棍子即要揍人。此时此刻，一个女子冲了上去，用英语高叫着“不准打人！”并且用身体拦在了巡捕和宋耀如之间。这个女子叫倪桂珍。

上海外滩公园门口这戏剧性的一幕，仿佛是一个扣，把两根原本都飘忽着的姻缘之线结在了一起。上海滩有无数的传说，我不知道这是不是其中的一个。知道的只是宋耀如和倪桂珍从此便结为夫妇，并在他们的婚姻中生下了三女三男。女儿依次为：宋霭龄、宋庆龄、宋美龄。男儿为宋子文、宋子安、宋子良。这个八口之家给中国现代历史留下了说不完的故事。这一点，宋耀如和他的太太倪桂珍走进教堂时何曾想到。

◎宋耀如一家

让我们暂时离开庐山，先用简单的话语来陈述这个家庭里发生过的故事吧。

宋耀如是中国没有加冕的“宋家王朝”的首脑，他的三个女儿将随同她们的丈夫改变中国的命运和影响世界历史进程。

——西方传媒评论

海南文昌县的昌洒镇有个古路园村，一个叫韩教准的男孩1861年出生在这里。12岁时，他被送到东印度群岛一个亲戚家当学徒。不久，父母决定将他送给婶母的弟弟收养。婶母的弟弟姓宋，在美国的波士顿开了一家茶丝商店。于是，这个叫韩教准的男孩子就跟着这个宋舅父也就是他的养父去了美国。从此他改了名姓，叫作宋耀如，字嘉树。在美国，他一边替养父管理店铺，一边学英文。在学习过程中，他对美国有了些了解，觉得自己应该多学一些知识，以便回国改造社会。于是他产生弃商入学深造的想法。这个想法自是遭到生意人养父的反对，宋耀如所采取的行动是离家出走。他去做了一名水兵。以后在一个企业家的帮助下，进了神学院。毕业后被授予见习牧师，1886年被派回到中国传教。

遇到倪桂珍也是缘分，否则宋耀如的故事怎么能这样精彩！对于倪桂珍，我是真不知道她的来龙去脉。旧式的妇女总是丈夫背后的女人，人们在尽情尽兴说她的丈夫时，对她总是轻轻一笔地带过，纵是倪桂珍这样见过世面、有学识有见地的女人，也逃不出这样的命运。现在我所知的只是：倪桂珍是浙江余姚人，她是中国人中最早皈依基督教的徐光启的后代。徐光启曾经做过明朝崇祯皇帝的礼部尚书、东阁大学士。1582年，意大利人、天主教耶稣会的传教士利玛窦来中国，他在传教的同时也带来了一些西方的新科学。徐光启受利玛窦思想影响，并跟他学天文、历算、火器等。在这样的家庭背景中长大的倪桂珍自然受到西方文化的影响。当她还是一个小姑娘的时候，她就已经酷爱弹奏钢琴。这使得她的子女们都对音乐有着天然的喜好。后来她成为宋夫人，从此就一直默默地站在丈夫和儿女们的背后。她使他们都成为伟大的或者杰出的人，面对倪桂珍，谁又能说她这样的妻子加母亲不是一个了不起的人呢？

1887年宋耀如同倪桂珍结婚。1890年，他们的长女宋霭龄出世，1892年，次女宋庆龄出世。1894年则不同寻常，除了长子宋子文出世外，宋耀如认识

◎宋氏三姐妹

◎孙中山与宋庆龄

了他人生中最重要的一个人物：孙中山。

这一年孙中山同他的同乡好友陆皓东从广州出发，取道上海，准备去天津见清廷重臣李鸿章。他要去上书给李鸿章，陈述“富强之大经，治国之大本”。用现代人的眼光来看，这举动实在是有点迂。陆皓东介绍孙中山认识了宋耀如。两人对话不多，却颇为投契。高兴之余，两个都在美国待过的人进行了一场檀香山式的摔跤比赛。这种比赛的规则很特别：不是以摔倒对方为目的，而是设法使对方喊叫出声，发出声音者为输家。摔跤开始后，28 岁的孙中山尚不是正当盛年的宋耀如的对手。他不断地被摔倒在地，又不断地爬起来再战，无论如何都不出声。如是者多次。当两个人搏斗得高潮迭起时，宋耀如突然发现孙中山身后一两步处有一个粪坑，稍不小心，便会落入。宋耀如心头一急，不禁脱口而出："小心！"此刻的孙中山大松一口气，停下搏斗，说："你先出声，你输了。"两个人的性格在这场传说的摔跤中也表现得淋漓尽致。

宋耀如既是一位虔诚的基督教牧师，又是一位民主革命者。他看到祖国的危况，对中国革命也开始感兴趣了。正是摔过跤的这天晚上，宋耀如设家宴请孙中山，待他得知孙中山北行的目的后，便说：当今中国，需要的是华盛顿和林肯，而不需要公车上书。孙中山说：谁又是华盛顿，谁又是林肯呢？宋耀如只说了一个字："你！"

事情的发展竟然一切都在宋耀如的预料之中。而孙中山早期的许多活动，也都离不开宋耀如的资助。

1904年，宋耀如将他的长女宋霭龄送到美国读书。那一年，宋霭龄15岁。她一脚踏上远洋的"高丽号"海轮，便成为中国第一个迈出国门的女留学生。1908年，宋耀如又将16岁的二女儿宋庆龄和11岁的小女儿宋美龄再次送到美国。

宋庆龄和宋美龄到美国的第一年，她们的姐姐宋霭龄就回到了祖国。于是这两姐妹便相依为命，相互照应，在远离家乡和亲人的地方度过她们漫长的求学生涯。那些年头，恐怕是她们最为亲密的日子。4年后的1912年春天，她们收到父亲从中国寄来的一份礼物。打开一看，竟是一面中华民国国旗。父亲在信中说，这一年的元旦，中华民国在南京成立了。他的朋友孙中山担任了临时大总统。他和她们的大姐宋霭龄都前去参加了宣誓仪式。两个漂泊在异国他乡的女孩子，又蹦又跳，高兴异常。她们高喊着"共和万岁"，然后当即扯下了悬挂在她们宿舍的清朝龙旗，换上了崭新的国旗。

但是不幸的是，新的政权很快被袁世凯所篡得。清帝虽然退位，但孙中山也不得不辞去了临时大总统之职。1913 年早春的一个日子，宋教仁被暗杀致死，袁世凯的独裁嘴脸暴露无遗。孙中山力主以武力讨袁。于是大大小小的“讨袁”呼声风起云涌，一时间全国响彻。然而,结果却均告失败。当李烈钧领导下的“二次讨袁”又一次失败后，前临时大总统孙中山成为袁世凯政权的通缉对象。无奈之中，孙中山只能渡水东去，逃亡日本。宋耀如夫妇亦举家追随孙中山迁避扶桑。

在日本期间，宋耀如的长女宋霭龄仍然给孙中山做英文秘书。但是没多久，她便遇到了山西人、孔子第 75 世孙孔祥熙。孔祥熙因国内政治形势恶化，加上刚刚丧偶，心情不佳。于是应朋友邀请到日本担任东京中华留日基督教青年会总干事，并为中华革命党人筹募经费，帮助孙中山处理文书函电。由于这样一种特殊的原因，使得他与孙中山的英文秘书宋霭龄接触颇多，感情日增。由于双方情投意合，很快，孔祥熙和宋霭龄在横滨的一个春天里结了婚。

1913 年 9 月，在美国已然完成学业的宋庆龄告别了妹妹，专程到日本与父母会合。16 日这天，宋庆龄在日本横滨登岸。前去码头接她的是她的姐夫孔祥熙和孙中山。宋庆龄在小的时候就见过孙中山，对于她来说，这个人不仅是一个父辈人物，更重要的是一个伟大而善良的人。仿佛从一开始，宋庆龄就对这个人有了一种特别的感情。

婚后的宋霭龄已向孙中山辞去秘书职务，她推荐自己的妹妹宋庆龄接替。接替姐姐给孙中山担任英文秘书,使得宋庆龄很快就发现自己已经爱上了这个“叔叔”。她甚至说：“我唯一的快乐，就是和孙先生在一起。”而这个“叔叔”同样也爱上了她。当宋庆龄得知对方与她有着同样的情感后，她便决定嫁给这个比她年长 28 岁的人。

1914 年宋耀如因病业已迁回上海。宋庆龄曾专程由日本回到家里，就自己的婚事征求父母意见。宋耀如夫妇对这桩婚事颇为恼火。他们的女儿和他们的朋友竟然谈起了恋爱！尽管他们心知孙中山是一个伟大的人物，可是他们一点也不想成为这个伟人的岳父岳母。尤其宋夫人倪桂珍反对的态度更是坚决。然而，他们的女儿、独立而有主见的宋庆龄却不在乎这些。她接受的是西方式的教育，她只在乎自己的感情。她觉得两人只要有感情，其他所有的一切都不应当成为障碍。于是，她在父母考虑三个月仍未答复的情况下，在得知孙中山已与前妻办妥离异手续的情况下，不辞而别，从上海潜回日本，完成了本世纪最伟大的一次私奔。

1915 年的秋天，宋庆龄和孙中山在东京举行了婚礼。这天上海的报纸上登出黑体大标题："上海宋氏的第二位女公子现已私奔日本，与中国革命领袖孙逸仙结婚。"

宋耀如和倪桂珍都没有参加这个婚礼。这件事似乎给宋耀如和孙中山之间的友谊蒙上了一层阴影，也给宋耀如这个和睦的家庭，染上了一些忧伤。宋庆龄在这个家全然处在孤立的位置上，只有远在美国、她的妹妹宋美龄支持她的行动。这是她在宋家唯一的安慰。这一年的宋庆龄 23 岁。

可惜这个婚姻只有 10 年之久。1925 年，她的丈夫、一代伟人孙中山便与世长辞。从此，宋庆龄便孀居终生。她死的时候是 89 岁，整整 56 年的独身生活。继承她丈夫未竟的革命事业，便是她生活的全部内容。她年轻时是中国的第一夫人，是国母；年老后，是中华人民共和国的名誉主席。这一切，宋耀如都无法看到。宋耀如死于 1918 年，他比他的朋友加女婿早离世 7 年，如此早行，也是好事，免去了他们作为朋友间的许多尴尬。

1920 年，宋美龄也回到中国了。大姐宋霭龄成为有钱有势的孔祥熙太太，二姐成为第一夫人，无论如何，她的夫婿也不应该太差。宋美龄的心很高，这很

◎蒋介石与宋美龄

自然。所以，当蒋介石为了获得江南财团对他事业的支持，决定以婚姻的方式得到实力，从而向宋美龄求婚时，常人都以为宋美龄会毫不犹豫地拒绝这个已有妻室并且毫无趣味的男人。但意料不到的却是：她没有。她在她的大姐宋霭龄和哥哥宋子文的撮合下，答应了求婚。尽管她的二姐宋庆龄以激烈的态度表示反对。可她有她的打算。她对权力有着不可名状的欲望。这样，说她是一个有预见的人一点也不错。1927 年，她与蒋介石结了婚。

此时的宋耀如辞世已有 10 年，他无法看到他的小女儿的选择。他的夫人倪桂珍仍然以反对的方式对待这一婚事。只是这一次她没有坚持多久，她的大女儿和大女婿说服了她。后来宋家的这个小女儿宋美龄也成了第一夫人。

蒋、宋联姻，是中国历史上一次影响深远的政治婚姻，是典型的权钱交易。从此，婚姻的一方——蒋

◎宋庆龄别墅遗址铜牌

介石，对内通过宋子文和孔祥熙与江浙财阀们有了密切联系，对外则争取到英美政府的支持和外国资本对华投资，从而稳定了南京政府的财政基础和外交阵脚；而婚姻的另一方——孔宋家族，则通过蒋介石掌握的政权，轻而易举地获得政治上的地位，并为家族增殖财富取得可靠的政治保证。中国著名的四大家族，他们姻亲占了三家。自此，无论是官场和商场，他们三家全都春风得意。纵使后来他们逃到了海岛，他们仍然以如此的姿态生活到死。

二

现在我们再回到庐山，回到我们的别墅话题上，就是时候了。

庐山这样一个风景美丽、天气凉爽之地，本就是富人们生活的天堂。宋家的人既然是传教士，又是有钱人，自然也不会视而不见。

1905年，宋耀如从李德立手上买下了一块地皮。这块地原属牯牛岭南端，医生洼东口的李德立私人所有，即51号地皮。李德立在这块地皮的西北角划出了一块，卖给了时为上海美国基督教“卫理公会”的华人传教士宋耀如。因此，这块地距李德立本人的别墅没有多远，紧靠着美国人霍尔德·吉·毕·巴利丈夫所开的“圣经医院”。

宋耀如在这里盖了一幢石构的两层楼别墅。在酷暑的季节里，他便带着妻儿溯江而上，来这里避暑。但他的三个美丽的女儿因为留洋缘故，到这里来的次数并不多(甚至我觉得她们根本就没有来过)。1917年，宋耀如因病辞世后，这所别墅归在了他的妻子、亦是华人传教士的倪桂珍名下。

倪桂珍虽然为二女儿宋庆龄的婚姻颇为恼火，可是在几年之后，她仍然把这幢别墅送给了宋庆龄。1926年的一个冬天，这幢别墅的主人宋庆龄陪着共产国际代表苏联人鲍罗廷由汉口来到庐山，她同她的弟弟宋子文还专门来察看了房子。但她并没有在这里住下来。

以后，宋庆龄有没有再回到属于她的这幢别墅，我一点也不知道。没有资料提及过此事。在这座山上大出风头的是她的妹妹宋美龄。来到此山人们必要一观的别墅也是她妹妹的。很多年很多年，她的房子都只是清冷地、静静地立在那里，仿佛代替她观看着这山上一切的风云变幻。

1980年8月的一天，宋庆龄收到庐山管理局的一封信。信上请求她允许他们将她母亲的房产拆除，他们想要另盖别墅。宋庆龄很快让她的办公室写了回信。信中表示这房子是我母亲送给我的。新中国成立后就交给人民政府了。对于房子的维修或是改造，一切由当地政府决定。宋庆龄从来就是一个不为自己考虑的人，她的无私常常令人除了钦佩之外，也有惊讶。面对这样没道理可讲的事情，她仍然半点不考虑自己。或许她闻知此事也有过伤感，也有过对父母的怀想，甚至还想过：偌大的庐山，为什么就留不下她这一幢小小的旧居。可是她已老了，她无私的形象已然扎根民间。面对这样的请求，她又能怎么回答呢？那一年她已经 88 岁，只过了一年，她就和这幢别墅一样，永远离开了这个世界。

“当地政府”果然就毫不客气地把这幢别墅拆除了。如今在这个地皮上立着的是一幢三层楼的石构建筑，它没有为庐山增加半点的风采，只是让知道这房子前因后果的人们扼腕叹息。没有一个人明白：偌大的庐山，何故就容不下宋家的这一旧居。

与宋庆龄这幢别墅遥遥相望的是孔祥熙在 1933 年夏天买下的别墅。这就是李德立当年的别墅。1928 年，李德立到新西兰去开辟新的旅游胜地了，临行前，他将他的别墅卖给了一个叫李品求的香港人。孔祥熙是从李品求手上买下的这幢别墅。我猜测他购买这幢别墅很重要的一个思路就是这别墅距他岳母倪桂珍的别墅只一步之遥。孔祥熙的夫人宋霭龄在家里是一个说话算得了数的人。

牯牛岭南端香山路 51 号这个水源充足阳光明媚之地的别墅换了新的主人。李德立手植的密密松林仍然环绕着这幢已有几十年历史的声名赫赫的房子。新主人财大气粗，比之李德立又多出几分浪漫。经过稍事装修和布置后，他们在当年七月就搬了进去。这幢别墅被称作了“万松林别馆”。

毕业于美国耶鲁研究院的孔祥熙，虽然是个盘钱的高手，做过实业部长，前不久又刚刚就任中央银行总裁，可他毕竟读书多年，身上或多或少还有些雅气。

为了纪念这个有意义的日子，他在他的客厅里举办了一个由庐山上的达官显贵、文人骚客、名士清流参加的“万松林诗会”。

这时间正是庐山的“夏都”时代。每逢暑季的来临，南京的官员们便都跟着他们的委员长纷然上山。他们在这里一边办公一边避暑。孔祥熙举办“万松林诗会”正是在这样的热闹时节。旧时官员古文功底都颇为深厚，碰上些大事小事都喜欢唰唰地写诗。写得好坏姑且不论，反正写了就是。这次既是豪门又是国戚的孔祥熙举办诗会，特意让他们大写其诗，他们又何乐不为？所以，被邀者都纷然而至，一些没有被邀的人，也闻风投诗。这个家庭式的“万松林诗会”几乎是庐山上的一件文化盛事。诗会上许多的诗都在山上各种版本的书中流传。

现在看来，这个诗会的做法真还是有些雅致。他们将庐山高僧晋人慧远的一首《游庐山》的诗全部拆开，按一字一纸团的方式，交给参与者拈，谁拈着哪个字，就以该字为韵作诗。这首诗的原文是：“崇岩吐清气，幽岫栖神迹。希声奏群籁，响出山溜滴。有客独冥游，径然忘所适。挥手抚云门，灵关安足辟。流心叩玄扃，感至理弗隔。孰是腾九霄，不奋冲天翮。妙同趣自均，一悟超三益。”汪精卫拈得其中的“然”字，江西省主席熊式辉拈得“门”字，《庐山志》编撰者吴宗慈拈得“神”字，李烈钧拈得“奋”字。诸如此类。每人都当场作诗，相互品评。文人官人欢聚一堂，其乐也融融。孔祥熙的连襟蒋介石没有参加诗会。想那老蒋似乎从来不写诗，估计来了也没啥用处。倒是几天后，老蒋领了一拨人在这里开了一个重要的会议。官当大了，当玩的时间、当玩的地方也都用来开会，真是无趣。

孔祥熙别墅离陈三立的松门别墅很近，陈三立老人显然也参加了这次诗会。但不知何故，没有读到他的诗。只看到这个诗会上所作的诗结集出版之时，陈三立老人为该诗集写下的序。序中说："抑国势岌岌，迫危亡之会，无所控诉，姑假以写忧而忘世变欤？"一个人在这个世界上存活的方式不一样，他对诸多事情的看法也就全然不同。

1935年，孔祥熙代理国民政府行政院长，他在别墅的附近挖了一个防空洞。这样的举动，总归让人看了觉得大煞风景。钱多权大的人，总是比别人更怕死。这样一来，他的别墅隐在山间的万松林中，他的防空洞又隐在他的别墅一侧，看上去是有点点滑稽。

精明能干，善于敛财的孔夫人宋霭龄1939年在美国的存款居重庆政府"所有要人在美国银行中的存款的第一位"，堪称中国最有钱的人。她的丈夫是财政部长，她的妹夫是委员长，她的妹妹是第一夫人，她有那样权高势大的背景，加上自己对钱又是那么喜好，她没有钱谁还会有钱呢？

1967年孔祥熙死在了美国，那一年他87岁；而他的夫人宋霭龄则死于1973年，她死的时候是84岁。不知道他们在死之前，有没有用完他们的钱。知道的只是，他们曾经格外得意的这幢香山路51号别墅，却一片荒凉破败，仿佛在他们走后，再也没有人住过。

这幢别墅现在的地址是香山路479号。我去那里

◎美庐

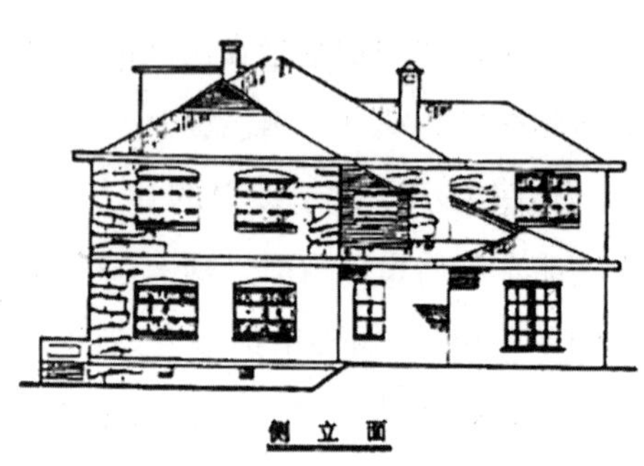

的时候，只见屋里堆着破烂，门窗腐朽肮脏，虽然它的结构还显示当年的风格和当年的阔气，乍一眼瞥去，竟也还有看相，却因没有人气的缘故，显得那么凄清，仿佛就像他的主人一样，颓然着死去。唯有门前的松树历经岁月，却愈加高耸挺拔，青葱欲滴。

三

终于说到宋美龄了。

提起庐山，几乎没有人不提到她曾经住过的那幢漂亮的房子：美庐。它被每一个上庐山的人津津乐道，仿佛美庐是庐山的一个兴奋点，仿佛不谈美庐，庐山就无法让人尽兴似的。世人们的趣味真的是很俗。他们大肆地宣扬着美庐，只不过是因为这个房子的女主人曾经是中国位高权重的第一夫人，她是那样的美丽年轻，富于才华，而她的丈夫却有过几次婚姻且比她年长得多。他们老夫少妻之间的爱情故事一直是人们

◎美庐门前的小桥

永远不减兴致的谈资。

去过的人都知道，美庐是一个叫巴莉的英国女人转给宋美龄的。但人们并不知道，其实，在巴莉送别墅给宋美龄之前，宋美龄在脂红路早已有一幢别墅。那是她的母亲作为她的陪嫁送给她的。

1927 年，宋耀如的遗孀、女传教士倪桂珍将她名下的一幢别墅赠给了她的二女儿宋庆龄。这一年，她买下了脂红路 15D2 号的另一幢别墅。那时，她在上海教会所办的培文女校当老师。年底的时候，她的小女儿宋美龄与蒋介石在上海的大华饭店举行了隆重的婚礼。倪桂珍将她在上海贾尔业路的一栋房子作为陪嫁送给了小女儿。似乎她觉得这样还不足以表达她这个母亲的欢喜，紧接着，她又将她在庐山新购另一幢别墅也就是脂红路的这一幢，送给了宋美龄。

上午，蒋夫人赴大林路参观“儿童乐园”。园主为胡安德女士，设备教学，堪称完善。夫人赏给各儿童西瓜三枚。

——《庐山续志稿·国民政府主席蒋公驻山起居日录》

◎美庐的会客厅

这幢别墅原是美国人摩顿姐妹的房产。1910年9月，她们从上海来到庐山，购得了脂红路这块地。脂红路在英租地里，它的英文是“AZALEARD”，即杜鹃花路。这两姐妹给人的感觉颇有几分浪漫，她们在这块地上修了一栋石构别墅。别墅修建在一面陡坡上，两道高高的石砌驳坎面向着别墅的主立面。它东倚着城墙山，西朝向长冲谷，乍一眼看过去，觉得好一番惊险。室内的面积并不很大，但却很为实用。它有敞开式的外廊，廊柱以不规范的石块砌成。粗糙的柱面显得自然而富有个性。它最考究的地方在门窗。所有的外窗和所有门的上半部都用细木条拼成棱形的格状，在个性之中又添上了几分雅致。摩顿姐妹与倪桂珍都在上海长居，彼此都熟，1927年时，她们意欲出手这幢别墅，倪桂珍闻讯便将之买了下来。

> 在庐山成为夏都期间，蒋介石共在庐山召开了十一次重要会议，史称“庐山会议”。会议涉及到外交、财政、军事、政治等各个方面。
>
> ——熊炜、徐顺民、张国宏《庐山》

1933年蒋宋夫妇在得到脂红路12号别墅即美庐之前，他们来庐山都是住在这幢别墅里。宋美龄很喜欢她母亲送给她的这幢别墅。但是，这别墅与脂红路12号的相比，它实在是太朴素而且也太小了。当他们看中了脂红路12号并搬入进去后，他们便将这幢别墅卖给了一个德国人。1946年，德国在二战中成为败国，庐山管理局则又将这幢别墅收归国有。

现在这幢别墅的地址是脂红路210号。在很长的时间里，它都是那样陈旧不堪，那样的无精打采。除了那细木条打成的菱形门窗格还能让人感觉到它曾有过的华彩岁月，其他的一切变化，都只是陈述着人世的沧桑。

今年春天，我再去那里的时候，它已经被围了起来，一些维修工人正在进行全面的维修。理由是，宋美龄即将过一百岁的生日，要把她的房子修好，一来纪念，二来供人参观。正在维修中的房子，更是让人没法一看。所以，我想要拍一张照片都没有办法。

在这个世纪最初的年代里，英国基督教“美以美

◎美庐内景

◎美庐内的竹林

会”传教士兼医生的霍尔德·吉·毕·巴利和他的太太、女传教士温妮佛丽德·吉·巴莉来到了庐山。这两夫妇做事给人的感觉很是大手笔。他们在1906年，从英国“美以美会”处买下了河西路上的46号到51号的六块地皮。这六块地是英国“美以美会”在1896年从李德立手上买下的。而在1903年时，他们就先已经购入了英国西伊顿勋爵在脂红路12和13号地皮上建造的别墅。他们在河西路的46号地皮上，盖起了一家“圣经医院”。巴莉这个女人，在庐山颇有名气，她性格活跃，认识各方人士。她既穿梭于各种上流社会的交际场合，又拎着菜篮到街上买菜。她走在路上时，人们会低声议论：这就是巴莉。

人们对她侧目以视还有一个重要原因：她与第一夫人宋美龄私交颇厚。这很自然。宋美龄是一个人人都想巴结的人，巴莉有条件有能力，何不巴结？而在宋美龄来说，同洋人打交道是她的乐趣。她的整个思想和做派都是西方式的，她同他们对话和交往比同中国人更为自如，更容易相融。

我始终都没有找到更详细的有关巴莉的资料。所知的只是：1933年，她将她在1906年买下的46至51

号地又一并转给了庐山的“大英执事会”，接下来只过了 12 天，她又将她在 1903 年购下的英国西伊顿勋爵的别墅转给了她的好朋友宋美龄。她这一转手，使得这幢别墅从此流芳百世。许多文章都说这幢别墅是巴莉送给宋美龄的，其实哪有这么好的事情？

1933 年 8 月 8 日，宋美龄和她的丈夫蒋介石搬入了脂红路上的这幢西伊顿勋爵的别墅。这个日子估计是有着中国人迷信思想的蒋介石挑定的。“八·八”，意味着双发。从此以后，他们每年的夏天都到这里来居住。

宋美龄在副房的墙根下种上了她喜欢的美国凌霄花。凌霄花很快就爬上了墙。夏日里它开着红色的花朵，将这里装饰得分外柔美……

与山上其他别墅相比，脂红路 12 号别墅本身也出类拔萃。这是一幢英式的券廊式的别墅。它坐落在大月山下，面朝着长冲河水。在山水的怀抱里，被绿树所环绕，有一股天然独特的气韵。藏在水畔山间，

◎美庐园里的金钱松

本来就够隐蔽了，而庭院里栽种的乔木和花草和布满在灰褐色墙壁上的爬墙虎，将一切都变成了绿色。于是这种隐蔽就不是简单的隐蔽了，而是别有一种禅意浓郁的幽深。

为了委员长出行方便，他们在西墙的金钱松旁另开了一扇大门，这大门的门牌顺理成章地叫作了13号。在西方人眼里，13号是一个不吉利的数字，因了这个数字，朝野将它当作热闹话题议论了好一阵子。最后，还是改作了12号。1934年，蒋宋夫妇将这幢别墅作了小小的改造。他们封闭了敞开的走廊，加盖了副房。宋美龄在副房的墙根下种上了她喜欢的美国凌霄花。凌霄花很快就爬上了墙。夏日里它开着红色的花朵，将这里装饰得分外柔美。蒋介石则在屋边种了些竹子。你很难想象一个喜欢骂“娘希匹”的人竟也有做这种雅事的时候。当庐山清晨或黄昏的薄雾从这花木扶疏间穿行而过的时候，当年轻美丽的宋美龄和她老气横秋却位高权重的丈夫挽手徜徉在这花前月下之时，他们怎么会不喜爱这个地方？尽管他们做着高官，当着大富大贵之人，可他们也会盼望有一个清绝尘凡之地，供心灵和身体休养生息，也希望能过上一种平淡安静的日子。这是人之常情。何况宋美龄也知道，老蒋这一辈子，从来都没有过与世无争的安静时日。这幢别墅，就当她为他提供一种与世无争生活的假想之地吧。

◎左图：美庐里的防空洞
◎右图：美庐的游泳池

在庐山过夏天的日子，真的令宋美龄十分惬意。

◎左图：在美庐内下棋的主人夫妇

◎右图：美庐二楼的露台

她常常是乘坐着军舰来，有时也乘坐她的专机。她和老蒋都颇喜欢游山，山上所有的佳景几乎被他们游遍。有些地方去过几次仍不厌烦。或许每次去的心境不一样，景色就会不一样吧。山上的石鱼石耳竹笋都十分清淡可口，对于吃素的蒋介石来说，这些就是山珍了。在山上，宋美龄的朋友似乎也比山下时多。她与那些传教士多有往来。与他们聊聊天，那熟悉的语言和气息，使她偶尔间也会怅惘想起许多往事，想起她和她最亲密的二姐间的分分合合。山上是清静的，可是山上的家里却并不清静，几乎每天都有人前来汇报或是谈什么要事。当然也会有一些只是前来闲谈一番的人。但凡来了客人，讲究礼仪的宋美龄都会拿出糕点来招待他们。九江有个老字号糕点作坊叫“梁义隆”，宋美龄常常点名要买这里的糕点。“梁义隆”还生产一种酥糖，香脆味甜，落口酥香，吃过让人回味不已。这种酥糖更是宋美龄嗜吃之物。每年夏天，宋美龄一来庐山就要派专人去到山下订做好，再送上山来。

1936 年，为了防范日本飞机的轰炸，蒋宋夫妇在大院东南的山坡下修建了一个防空洞。洞长有 20 米。以庐山的潮湿程度来推测这个洞中情况，想必潮湿更甚。好在没等日本人的飞机炸过来，他们二人便离开了这里。也就是说，这个防空洞修好后，他们一次也没有用过。

1937 年底，南京被日寇包围。蒋介石和宋美龄乘专机飞到了庐山。他们依然住在脂红路 12 号的别墅里。

在这样的时候，别墅的清静带着几分惨然。他们只在这里住了 5 天，即乘飞机下了山。这一次，他们没有回南京，而是飞向了汉口。因为正是这天，南京陷落。

时光在这几年中走得相当艰难。中国人民也包括庐山人民在这几年中所遭受的苦难无法用言词表述。这样痛苦的生活，养尊处优的宋美龄难以体会得到。待宋美龄同她的丈夫再次回到这幢别墅时，已经是 1946 年的夏天了。

庐山于 1939 年沦陷。在日本人占领庐山期间，脂红路 12 号别墅里的陈设遭到很大的破坏。院中的花园也被蹂躏得不成样子。庐山管理局派人将它们整理布置了一遍，但宋美龄并不满意，她专程从上海请来了英国人凯尔台来为她重新设计。凯尔台在竹林的西边为宋美龄加了一组石桌石凳，这使得环绕别墅的花园增添了许多的人情味儿。1947 年的时候，蒋介石在院子里散步，突然发现他最为喜欢的一棵金钱松突然叶子枯黄，仿佛行将死去。这棵金钱松有 400 年树龄，一树分两支主干，很是和谐自然地依在一起。对于这棵连理树，蒋介石一直觉得这是他和宋美龄两人婚姻的象征。他自然不能让这棵树死掉。于是老蒋发了令：一定要把这棵树救活！这道令，吓坏了不少人。谁敢保证这棵树能够救活呢？后来，是庐山森林局局长亲自出马，采用土方子：先将这棵树已枯的部分全部锯掉，把未枯的枝叶疏剪成稀，然后在树的周围挖一道环形的深沟，朝着这沟里倒进几百斤煮熟的黄豆，再用土将沟掩埋。这土法子还真灵，这棵树经这么一番折腾，竟是活了过来。

但蒋主席的王朝却是奄奄一息，难以苟活了。1948 年 8 月的一天，宋美龄派四个侍卫到庐山植物园挖两棵红枫，以便植于她别墅的花园内。曾经在 1937 年他们最后离开庐山时，她怀着伤感之心，在庐山观音桥老蒋的官邸内，种下两棵柳杉。几年后，她重返庐山，观音桥两棵树已经长得老高了。这一次她又要向庐山告别，她依然想要种树。她要种美丽的红枫。她打算在她再次返回时，看看她的红枫是否更加鲜艳。但是，这一次，她没有如愿以偿。植物园中一位姓陈的教授坚决不让挖。侍卫们说明是蒋夫人宋美龄要树。陈姓教授依然不给，他说树林是植物学术团体的，我的任务是保护它们。说罢以命护树。侍卫们只能空手而归。这位陈姓教授据说就是陈三立的孙子陈封怀。他是庐山植物园开创者之一。他的墓至今仍在植物园。我每次到植物园，人们都会津津乐道地向我说这件事。可见平民勇于抗拒大官永远都是令人兴奋的话题。

这件事对于蒋介石夫妇多少有些打击：他们的话已经有人敢不听了。

仿佛只过了一两天，蒋介石为他喜爱的这幢别墅题写了“美庐”二字。他让石匠将这两个字连同他的名字及题写日期一同刻在院内林阴间一块天然的黛青色的大石头上。“美庐”二字刻得很大，它们恰到好处地同这个庭院这幢别墅融为了一个整体。

又过了大约十天，宋美龄就跟着她的丈夫告别了庐山，从此他们再也没有回来。而“美庐”却因为她的缘故永远留了下来。

◎被凿了的美庐碑刻

四

宋耀如的儿女们大都追随他到天国而去，只剩下他的小女儿宋美龄尚在人世。想起他与倪桂珍结婚之时，何曾预测到他的儿女们会做出这样的惊天大业。他本人也被称为“二十世纪最伟大的父亲”。不过，更令他想象不到的是：1948 年 12 月 25 日，新华社授权发表一条重要电讯，列出了43名中国内战首要战犯，排在前十名的有他的大女婿孔祥熙，他的小女婿蒋介石，他的长子宋子文。要说这也是宋耀如一个不小的风头。

1959 年，毛泽东第一次登上了庐山。传说当他走进“美庐”时，戏谑地用他浓重的湖南话大声喊道：“蒋委员长,我来了！”这是毛式特有的幽默。这一年，毛泽东就下榻在这幢别墅里。或许是因毛泽东住在这里，有关人士觉得毛泽东进进出出都得看蒋介石的题字，会觉得不自在，便安排石工将蒋介石所题“美庐”二字凿掉。正当石工叮叮当当地凿字时，恰被毛泽东看到，于是，他伸手制止了这个行动。他这一伸手不打紧，却使得“美庐”二字历经无数政治风云，都没人再敢动它一根毫毛。

1960 年的夏天，宋美龄的二姐、已是国家副主席的宋庆龄住进了她妹妹的别墅里。静夜时分，她会想到些什么呢？想到她们姐妹之间的合合分分？想到他们一家人的生离死别？想到她的父母曾经在宋氏墓地造了八口穴地、希望他们姐弟六人将来能同他们安葬在一起、一家人死也不分离的梦想全然落空？无论她有没有想到这些问题，她住在这里的时候，想必心情昼夜都难以平静。

1992 年，庐山上有人策划变卖那些老别墅，打出口号是：“蒋介石失去的，毛泽东得到的，全都卖给你！”一时引起轰动。远在美国的宋美龄也很焦急，特意找了蒋纬国前来商量如何处理这事。她离开庐山已经很久很久了，可她的心仍然牵挂着她的“美庐”。

后来，因政府干涉，这个策划方才流产。

如今“美庐”是庐山的一处重要游览景点。它里面所有的陈设都按原来的模样摆放着。墙上的美国凌霄花到了夏天的时候，依然开出红色的花朵，院里的乔木也依然绿意深浓。

它现在的地址叫作：河东路 180 号。

夏都到处流传

十八日：牯岭于昨夜大风骤雨，其后变若严冬。连日山民谈话者，皆以主席夫妇何日离山为资料。离山路线如何，尤为争论主题。

——《庐山续志稿·国民政府主席蒋公驻山起居日录》

BRIDGE IN FOOT HILLS.

－庐山上的小桥－

闲　话

南京这个地方，到了夏天也的确是太热了。老百姓倒好混，一把蒲扇从黄昏摇到清晨，再不就到郊外山上，逛荡到半夜有了点凉意再回家。反正不这么过也没别的法子。达官贵人们却没有这份逍遥。一来是舒服惯了，缺少老百姓的这份耐受力，天一热便有如煎熬；二来也端着个架子，哪能像老百姓那样无拘无束地四下逛悠着寻找凉爽？但有钱人自有有钱人的路数。暑气一来，揣上钞票，屁颠屁颠地往凉快地方跑，又旅游又享受，不比你老百姓摇蒲扇或是逛山景更来得自在？这一点，老百姓当然只有自叹不如。那年月不像现在，空调多得让人烦。那时没空调，否则有钱人也会早早买来嵌在家里，大可不必回回暑季都千里迢迢地往庐山这样的地方跑，而且离家一住就得到中秋。

庐山被称为“夏都”，就是党国要人（以蒋介石夫妇为首）们跑暑气给跑出来的。

1926 年 11 月，38 岁的蒋介石第一次登上庐山。这并非是庐山最美的季节，应该说这时候的庐山多少有点儿寒冷。蒋介石带着他的妻子陈洁如一起上的山。庐山是个佛教圣地，虽然那时的蒋介石已是国民革命军的总司令了，可他对佛教一直情有独钟。庐山深厚的文化背景和美丽的景色给蒋介石留下深刻的印象。在山上，他表现得对妻子陈洁如恩爱有加，但实际上他的婚姻却正是在这个时候随着政治时局的变化而悄然变化。

一年以后，蒋夫人便不再姓陈而是姓宋了。1927年12月，蒋介石与宋美龄在上海举行了婚礼。现在想来，蒋夫人的位置上如果一直是陈洁如坐在那里，中国的现代历史一定没有现在这样多姿多彩且具有如此的观赏性，而中国后来所发生的诸多事情也不一定会按现在我们看到的式样发生。历史自有它的必然性，可是在必然性的某个关键部位，却多半是一颗偶然的螺丝钉拧在那里。

蒋介石的婚礼举办过后，相当长的时间里，他和他的新婚夫人都是人们最感兴趣的谈资。蒋介石看上去是一个地道的老式中国人，而宋美龄却年轻漂亮，活泼自信，说话直率，甚至还有点儿咄咄逼人，全然不是东方女性的那种含蓄和收敛。最让人不可思议的是她的中国话讲得还没有英语好。人们津津乐道地谈论他们，却无端地对蒋介石持有一种同情。殊不知，这婚姻却是蒋介石自己求来的。因为，他明白，自己与宋家联姻，就等于同江浙财团“联姻”。他需要的不是宋美龄这个女人，而是需要她的哥哥宋子文和她的姐夫孔祥熙。他们能为他的野心和梦想提供财政支持。为了这些，他不得不做出巨大的牺牲：他舍弃了曾经追求了好几年才得到的妻子陈洁如，同时也放弃了他的佛教，改信基督。一想到有着蒋介石那样一张古板面孔的人居然也是基督徒，就有点情不自禁地想笑。

对于宋美龄来说，给一个有着几千年封建传统的国家的首脑当夫人，并不是件轻松的事。她起码没有了她以前所有过的那种美国式的自由。她不能想玩就玩，想闹就闹，也不能遇上什么事不管三七二十一就发表自己的看法，她甚至不能随意支配自己的行动。盖因为，她现在不是一个普通人了，而是蒋夫人。传说宋美龄最让蒋介石头疼的就是她总吵着要到美国去，每次都列举出各种理由出国。有一回举出了罗斯福的例子，说是罗斯福就允许夫人自由行动。因为罗斯福是有现代精神的领袖。现在罗斯福的夫人就在英国漫游。而我现在也是第一夫人，地位一点不低于罗斯福夫人，为什么我不能自自由由地到国外去玩？蒋介石被她吵得脑袋发大，有一回就同意她去了。蒋介石以为一个女人出了国，无非是炫耀一下自己，游山逛水一番，而后进到商场买点化妆品衣服什么的。然而令他大吃一惊的是：他的老婆居然搞定了罗斯福，并且跑到国会去对着洋人作了一通演讲，讲得那些洋人们一个个大眼瞪小眼，不晓得中国的那个姓蒋的领袖竟有一个如此美丽如此大方如此飘逸而又西化的老婆。这事让洋人们大开眼界的同时，也真让土得掉渣的蒋介石开了眼界。

宋美龄漂亮的面孔、优雅的气质、娴熟的英语和她灵活的处事能力，给蒋介石带去不少实利，也带去了无限风光，使得蒋介石多少也觉得自己的选择真是英明透顶。一个婚姻换得他一世的权利和名声，这样合算的事不做，他一个男人又当做什么呢？

老蒋怎么看也还都是一个俗人。

开篇先说上这么一通，它们也不尽都是闲话。

夏都开始了

夏都的开始，它的前奏应该是1930年。1930年12月，庐山的天气自然奇冷。蒋介石不知何故选择这样的臭天气上了庐山。这一次，他在山上有房子了。他和宋美龄结婚没多久，他的岳母倪桂珍便将自己的一幢别墅作礼物送给了这对新婚夫妇。这幢别墅便是脂红路15号。在搬入“美庐”之前，蒋介石上山多是住在这里。

其实，蒋介石自己在山上，也有一幢别墅。它在脂红路14C1号。有资料明确表明这是蒋介石所购别墅，却没有资料说明这幢别墅购于何年。所以我们只知道它最早是美国雅礼会传教士的别墅，却不知道它是有着怎样的过程落到蒋介石手上。据推算，至少是在 1931 年以前，它已经名属蒋介石。这幢别墅距宋美龄的别墅直线距离只有 70 米左右。蒋介石在入住后来被称作“美庐”的 12 号别墅之前，14C1 号别墅主要用来工作。他在那里办公，或是开小会（大会则都在牯岭饭店开），或是会见来客。根据历史，这段时间蒋介石开会的主要内容，多半都是如何对付共产党的。自从他在 1927 年与共产党彻底决裂后，歼灭共产党便成了他的一个心结。这幢别墅现在的地址是河东路 191 号。1992 年，香港运通年公司购下了它的使用权。运通年公司同时购了 21 幢别墅，其他 20 幢，他们都进行了改造或重建，唯独这幢，他们未动毫毛，不知是在等待更大的商机，还是想要为老蒋多保留一点可资纪念的东西。

弯弯飞桥出，
潋潋半月彀。
玉渊神龙近，
云雨乱晴昼。

——苏轼《栖贤桥》

1930 年时，南京政府中其他官员尚未一哄而上地住进庐山。那时的他们，只是在有事的时候，方赶上山来，请示领袖。可是，如此这般，一来实在麻烦，二来，住在南京，他们也热。每每上了山就不想下山回去。难免心里不暗想：你老蒋两口子来得，我们就来不得么？

◎慈航寺与观音桥

◎开先寺别墅

恰逢北伐战争后的这段时期，中国政局不稳定，战争频繁，外国人心生胆怯，放慢了修建别墅的速度。那些正欲上山盖别墅的，望而却步，而已在山上盖好别墅的人，则纷然设法变卖房产。有人想上山，有人想下山，卖方买方都有市场，于是中国的军阀也好，富豪也好，高官也好，都开始在山上购买别墅。他们有的买了还不过瘾，又征地另修更加豪华的。庐山别墅修建的第二个高潮，正是在这段时间。

当房子买得或是盖得差不多时，该住的人都有得住了，于是人们就迎来了夏都时期。

行馆处处

从 1932 年算起，除了蒋介石夫妇每年夏天一见暑气便跑来山上，一直住到中秋节方返南京外，南京政府其他高官也纷然效仿。一时间，这里便成了中国的第二个政治中心。山上一热闹，各方来人就更多了，光是闻讯来看热闹或是来看风景的人，也比以往多得多。庐山进入了它历史上最为喧嚣的岁月。

1933 年，蒋介石夫妇搬入了他们最喜欢的、后来被称作“美庐”的别墅里。虽然这房子三面环山，一方临水，形如太师椅，风水极佳，但似乎这套别墅并没有给他们带来什么特别的好运。蒋介石住进这房子的第四个年头，一个西安事变令他九死一生。之后只过了一年，南京又遭沦陷。日本人的枪声就响在了庐山脚下，他除了逃跑，还能怎样？他逃到汉口，又逃到重庆。在那座潮湿的山城里，他一住便是八年。

所幸日本人被彻底打败，而庐山也重新回到中国人手中。以为从此即交好运的老蒋踌躇满志地回来了，回到庐山他曾经那样喜爱的别墅里。他的心情在此刻或许会有几分轻松。因为老对手汪精卫既臭了也死了，而日本人也统统地完蛋，他的敌人只剩下一个共产党。作为执政党来说，仅此一个对手，举而歼之，真是算不了什么。可是，他这回实在是错误地估计了对手。此时的共产党同十年前被迫撤离江西的共产党相比，其力量其影响以及其在民间的号召力，全然不可同日而语。不过三年，这个一心想要一统天下的蒋介石他老人家又在共产党手上败得个一塌糊涂。他曾经在庐山上用尽心机想要全部剿灭的共产党这一回把他给消灭掉了。他再次匆匆逃离的不仅仅是庐山，不仅仅是南京，甚至连他曾经生活过八年的重庆也无他容身之地，他唯一可逃的地方只是一个海岛。当他一脚踏上那岛上的土地，从此便失掉了整个大陆。他再没有机会和运气回到这里，直到他在 1973 年客死岛上。这片落叶自然是无法归根的。掐指算来，他在这座风水绝佳的别墅里坎坎坷坷断断续续住的时间不足 10 年。

◎三峡涧

◎庐山观音桥

因此，我觉得这房子对于蒋介石来说，也就没啥风水不风水的了。

在通往山南的上山路上，有一个山谷叫栖贤谷。谷下有一涧名叫三峡涧。涧上有一桥，原来叫三峡桥，又叫栖贤桥，始建于宋代。清末时有人在桥头建了一座观音阁，后来它便称作了观音桥。观音桥建筑在断壁悬崖之上，是我国最古老的石拱桥之一。它的两岸古木森森，藤萝垂幔，桥下涧水奔腾翻滚，惊心动魄，号称庐山第一桥。据说五十年代大办钢铁时，数以万计的民工披星戴月，推着独轮车、大板车，开着大小拖拉机和载重卡车，都从桥上辚辚辗过，但这千年的古桥却安然无恙。在观音桥的西南面，有一座寺，名为慈航寺。慈航寺之南有旧匡山草堂遗址。1934 年，蒋介石在这里修了一处行馆。很多的时候，蒋介石来庐山都先乘水上飞机落在星子湖面，然后在这座行馆里歇上一宿，再上牯岭，去他的“美庐”。

两岸苍壁对，
直下成斗绝。
一水从中来，
荡潏知几折。

——朱熹《栖贤院三峡桥》

在山南的另一条路上，又有一个开先寺，是南唐中主李璟所建。清康熙时，赐额为“秀峰寺”。这里曾经古树参天，繁华一时。1935 年，蒋介石在寺西一侧，亦修建有行馆一座。居此行馆，抬头可见开先瀑，举足即到青玉硖。蒋介石需要静养时，便来这里。他常信步走到青玉硖，观硖间风景，看山间石刻。但日本人登上庐山后，强驻寺中，且将这里焚毁一尽。1946年，蒋介石重返庐山后，还专门到这里看过他的旧馆。望着行馆废基上的残垣断壁，蒋介石徘徊良久，感慨万千。其实想来也没什么好叹的，他有权又有钱，再修一座也不过小菜一碟。

苏轼当年游庐山，游完后赞叹庐山最美的地方，一是青玉硖，一是观音桥，这两处美景，老蒋都没有放过。

宁静的海会寺突然变成军营

从1930年开始，蒋介石花了老鼻子力气来围剿共产党。据说宋子文1933年发现在他离开国内的3个月里，蒋介石竟向上海银行透支6000多万元的债务。他将这些钱全都用去剿共。头疼的是他把钱用光了后得到的仍然是一个失败的结果。而这些债务则让宋子文大伤脑筋。为了还债一事宋子文同蒋介石发生了争吵。蒋介石认为如果宋子文能提供给他足够的经费，他这次的“剿匪”一定能胜利。宋子文便试图为自己辩护。在他辩护的时候，他的上司加妹夫蒋介石竟流氓习气大发，伸出手来，给了他一记耳光。宋子文到底是绅士，他没有反抗，只是当即离开老蒋的办公室，然后迅速辞去了他财政部长及行政院副院长的职务。

◎海会寺

◎海会寺军官训练团旧址

这位大国舅私下里跟人说："当财政部长和做蒋介石的狗差不多，从今后我要做人不要再做狗了。"

老蒋从1930年到1933年前后对共产党的红军共策划了四次大"围剿"行动。四次均以他的失败而告终。这件事令他头大。他的军队无能，打仗远不及共产党领导下的红军，对他来说，简直耻辱不过。

早在1928年，蒋介石就开始聘请一些洋人将军来做他的军事顾问。他的第三任军事总顾问封·赛克特是个德国元帅。蒋介石为此而成立起总顾问办公厅。这个德国人也十分有趣。从他那个总顾问办公厅发出的文件，下款署名总是：委员长代理人封·赛克特。弄得老蒋手下的人都莫名其妙，不得不发电报到庐山询问缘故。蒋介石回电说：他这次来，精神大大不如相见的时候了。你们还是听他的吧。蒋介石的口气颇有点无可奈何。这个赛克特将军到庐山来过几次。有一回，他去蒋介石的别墅见老蒋。那时虽是夏天，可老蒋并没有拆掉屋里的火炉。赛克特被炉盘绊了一脚，跌了一个跟头，从此他就病了，并且久病不愈，只好回德国去了。

赛克特曾经建议老蒋成立一个教导师，用来训练军官。他为此并写了一份《教导师建议书》。老蒋初

蒋介石在庐山开办训练团，团址建在五老峰下的海会寺旁。训练团延请德、意、美等国军事教官，来帮助进行军事教育和政治训练，主要是训练民国军队上校以下、少尉以上的中下级军官，但也有少数高级军官参加受训。每期半个月，一个夏季训练三期，数年间共训练25041人。

——熊炜、徐顺民、张国宏著《庐山》

◎海会寺军官训练团

始对此没太在意。一直到1934年，跟共产党的红军几番交战下来，逢战必败，蒋介石这才真的意识到自己的军队窝囊。于是，他开始考虑赛克特说过的话了。他仔细地读了这份建议书后，决定在庐山开办军官训练团。他为这个军官训练团起名为：中国国民党赣粤闽湘鄂北路剿匪军官训练团。他的指向性十分清楚，他要训练的这支队伍专用来对付共产党。这是一个笨得没办法的名称。拗口拗得他自己都叫不全。所以最后也只能称为：“庐山军官训练团。”

> 1933年，蒋介石还在庐山上开办了党政人员训练所，训练了11917人；办合作人员训练所，训练了13700人，举办县长训练班，训练县长570人。1937年，又办了党政军人员混合训练班，受训者达14000人。一时间，庐山成了蒋介石训练骨干的重要基地。
>
> ——熊炜、徐顺民、张国宏著《庐山》

庐山训练团在五老峰下的海会寺以及白鹿洞书院一带选下团址。海会寺是山南五大丛林之一，创建于明代。清朝曾被焚毁，时存的是重新建过的。寺在五老峰下，面向鄱阳湖，距牯岭有三十五公里。蒋介石开办的庐山训练团的团部便设在寺内。他任命时为赣闽粤湘鄂剿匪北路第三军总指挥陈诚为庐山军官训练团的团长。他们在庐山修建了一个能容两三千人的训练基地，圈了方圆二十多公里的地方为军事禁区，有重兵警戒，壁垒森严。一时间，修路建屋的炮声隆隆。往来的军人亦成群结队。学员有1800人，喊叫一声，震得山中小鸟四下里惊飞。在这么个风景如画的地方训练军队，也真亏他老蒋想得出来。他想要杀尽共产

◎左图：白鹿洞书院

◎右图：五老峰

党也真是急了眼。1934年的7月8日，庐山军官训练团举行了开学典礼。从此一向以清幽宁静、充满禅意，宜人修身养性的庐山，突然在山间一侧，成了戾气深浓、杀气冲天的军营。也不晓得白鹿洞书院那时节还有人读书没有，如果有的话，还不赶紧逃之夭夭？

不过白鹿洞书院的大树算是被保下来了。据说有士兵在那里噼里啪啦地砍树，恰逢老蒋前去视察，一看有人砍树，便举起手杖叫了停。望着已经被砍断的大树，老蒋大发了一通脾气后，规定白鹿洞书院的古树一律不准砍伐。幸而他在这一点上还算明智，否则有着千年历史的白鹿洞书院，从此以后的说明书上都要把古松树被砍尽的罪过算在老蒋的身上。这一点，他可真的是担当不起。

看来这个庐山训练团还是管了点用。在接下去的第五次“围剿”共产党的行动中，老蒋赢了。他把共产党主力部队逼出了江西。只是，他想不到的是，他的一次又一次的“围剿”却丝毫没有令共产党屈服于他。共产党及其红军虽于不得已中踏上了西去又北上的漫漫路途，但似乎这一条艰难备至的长征路走完之后，反而否极泰来。毛泽东在长征途中取得领导地位，他的一套思想体系和指挥方法，大对中国革命的路数。自此以后，共产党几乎百战百胜。日本人投降不过三年，便获得了最终的胜利。如此这般细数下来，在第五次围剿中貌似胜利了的蒋介石，实际上根本没有占得多少便宜。

但蒋介石还是为了他的胜利，大大地庆贺了一番。

小委员长陈诚简朴的房子

戊戌变法那一年出生的陈诚是浙江人。他先读的是师范，20 岁入伍后当的是炮兵，毕业于保定军校炮兵科，曾经是邓演达的手下。据说后来蒋介石十分看重他除了他也是浙江人外，也实在是事出有因。1925 年，在征讨陈炯明的棉湖战役中，陈诚只是黄埔军校的一个炮兵连长，但无论行军速度有多么快，他的炮兵总能跟上，而且打出的炮弹有如神助，每发必中，为这一战役立下大功，也让校长蒋介石开了眼界。还有一次，正值黄埔军校假日，结果滇军前来进攻。陈诚恰未外出，见有敌袭来，虽然没有接到命令，但于紧急之中向对方开了炮。蒋介石听到炮声，集结队伍而来，将敌击溃。这两件事，给所有人都留下了深刻印象，当然也包括他的校长蒋介石。后来他的军旅生涯便颇为顺利，地位一直在往上蹿升。

1927 年，陈诚便当了师长。据说在与孙传芳部打仗时，陈诚因胃疼得厉害，便坐着轿子到前线督战。在你死我活的战场上，这顶轿子自是一道风景。很快就有人将这事向陈诚的上级何应钦汇报了，何应钦立

◎蒋介石与陈诚在庐山

即免掉了陈诚的师长之职。陈诚气得够呛，他跟人发牢骚说他抱病上阵，不但无功，倒还有过。他认为何应钦是有意排挤他。陈诚对何应钦始终怀有成见，根子就是出在这里。

1931 年，他来到江西，开始加入国民党第三次“围剿”中央苏区的行动。这次行动，其他几个浙江籍的将领败的败，溃的溃，令老蒋大不满意，唯独陈诚，领着他的十八军，被红军牵着鼻子跑了三个月，四处扑空，不得一战。也不晓得是不是他手下的人死得最少的缘故，还是老蒋存心要袒护他的这个老乡，陈诚虽然未打胜仗，倒侥幸成为这次“围剿”行动的宠儿。

蒋介石要想让陈诚变成他最忠实的人，他觉得最要紧的是必须给陈诚以好处。曾经当过行政院长和国民政府主席的谭延闿临死前托付过蒋介石，要老蒋为他的二女儿找一个好夫婿。于是蒋介石在这时想起了陈诚。1931 年，宋美龄将她的干女儿、谭延闿之女谭曼意介绍给了陈诚。陈谭两人，一见钟情，感情急剧升温。然而陈诚却是一个有老婆的人。在这件事上，陈诚几乎没有过思想斗争。事情明摆在这里：谭家女儿谭曼意是宋美龄的干女儿，又在美国留过学，受过良好的教育，大方得体，知情达理，自是比他先前的老婆要体面得多。再加上一旦缔结如此婚姻，便同蒋介石成为“翁婿”关系，这一点，对他来说，实在是太重要太重要了。于是，陈诚强迫他的老婆吴氏与他离婚。吴氏不干，先是拒绝签字，后在旁人的劝解下，吴氏提出了一个要求：“生不能同衾，死后必须同穴。”陈诚立即答应下来了。眼前的事比死后的事要紧要得多。陈诚让吴氏的哥哥替她签下了字，然后给了她十万块钱。把这一切搞定后，陈诚便于 1932 年 1 月与谭曼意在上海举办了婚礼。蒋介石为这个婚姻送去了五千块钱的大礼，估计刚刚付掉十万块钱的陈诚手头正紧，这五千块令他感激得几乎掉下泪来。

陈诚同老蒋一样，是浙江人，他的婚姻与老蒋的婚姻几乎是一个模子刻出来的，又兼他与老蒋有着这样一层关系并深得蒋介石的信任，做派上也颇有一点老蒋的味道，于是许多人都暗地称他为“小委员长”。

1933年，陈诚参加了第四次对中央红军的“围剿”。这一次他可没有上次的运气。他的王牌师第十一师在这次“围剿”中几乎全军覆灭。蒋介石闻讯后气得半死，亲自跑到陈诚所在的抚州去了一趟。陈诚知道大事不好，忙不迭地将夫人谭曼意也搬来抚州，让夫人在宋美龄处再三求情。幸亏宋美龄在老蒋面前说话管用，陈诚靠了夫人勉力相助，算是躲过了一劫。

便是这年秋天，已经做了庐山军官训练团团长的陈诚在庐山上买下了一幢别墅。这很自然，他在每年的夏天，都要在这里为训练团工作，他的妻室也随他同居山上，一切全在情理之中。这幢别墅在中路60号。

60号的房子最早是美国的玛特洛奇三姐妹的。她们在1898年买下了这片地，面积约有2624平方米。在这块土地上，她们盖了一幢石构别墅。别墅的式样宛若“L”。与山上许多别墅相比，它真的显得简单朴素，甚至有些简陋。但是这幢别墅令人最为有兴趣的是，它的南面不远，便有一个游泳池。显然山上气候

◎陈诚别墅

凉爽，但游泳这种娱乐对于许多人来说，是无所谓天凉天热的。陈诚的别墅是用夫人名字“曼意·陈”注册的。对生活不追求奢华的陈诚挑中这样一幢别墅，大约与他的性情有关。陈诚的一个老朋友回忆他的这幢别墅时，这样说：“我有事到他牯岭寓所，这是一处坐落在后面山坡上的住房，又矮又窄。夫人的穿着仍是布旗袍和布鞋，勤俭朴素，毫无修饰。”

只是，当年的这幢朴素的别墅现已被拆。在它的旧址上重新盖过的别墅已与前幢全然不同。只有北门和西院有两个石柱是旧主人的，在那上面还能清晰地看到“60”的字样。它的新地址为中二路 268 号。

不过有件事我也没弄明白，1946 年陈诚回到庐山，却没有住进他自己的私宅，而是住在中路 103 号别墅里。这幢别墅距挪威福音教堂很近，为一层石构。与许多以简洁为美的别墅相比，它的层次显得格外丰富。上有双亭，里外有廊，整个别墅散发着北欧山地建筑的风味。没有资料表明，陈诚住此作甚。那时的陈诚，已是国民党中央常委、国民政府国防部参谋总长兼海军总司令，官已经当得老大了。

我在写这些文字时，一直在想，陈诚作为庐山军官训练团的团长，难道他每天都从山南的训练团驻地赶回山北的别墅家里来吗？在山南，他是否还会有别墅？因为像他这样的官员，盖一幢别墅是一件很容易的事情。今年春天的时候，我到了位处山南的太乙村，蓦然间看到了陈诚在这里的另一幢别墅。它印证了我的想法。这幢别墅名为“松庄”。修建年代是 1934 年，这时候的陈诚正做着庐山训练团团长。

陈诚于 1968 年死于台湾。他官至国民党副总裁及行政院长。他死于肝癌，时年 68 岁。估计他临死前夕对往事回想过很多很多，但不一定会想起庐山他的这些别墅。因为他在这里住的时间并不很长。

◎中五路 33 号汪精卫别墅

◎汪精卫别墅门前的牌子

一言难尽汪精卫

看过汪精卫的经历，知其一生所为后，有时真不知道让人说什么好。凡人一生，多是生活在小事情之中，难得有机会在自己身上发生什么惊天大事。可汪精卫却不。他其实只活了 51 岁，可在他身上发生的轰动事件还真不少。每一件事的发生，几乎都是举国震惊。他在 27 岁时行刺摄政王；他在 43 岁时，被人暗杀，身中三枪；他在 45 岁时，做了个中国的头号汉奸；在他死后的两年，埋他尸骨的南京梅花山坟墓被炸平，他的尸体送到火葬场焚烧一尽，骨灰像垃圾一样被扔掉了。任何一个人，与其中任何一件事遭遇，就不得了了。而汪精卫，却一人独自扛四桩，仿佛隔不多久他就要拿一出大戏给人看似的。遇上这样的人，几句话怎么可以说得清楚?

想来这个人骨子里还是有些浪漫。自己原本想当一个英雄，流芳百世，最后却当了一个汉奸，遗臭万年了。唉，世间有太多的事情，不好说，不好说。

汪精卫是广东人，1893年出生。与孙中山先生也算是个大同乡。少年时代，他便丧父丧母，要说也是一个苦孩子。青年时期他前往日本留学，在那里认识了孙中山，于是开始追随孙中山闹革命。前后十几年，在孙先生身边操持过不少事情。就连孙中山的遗嘱最后也是他草拟的。

但这些还算不了什么。最不得了的是汪精卫在1910年，与同伴一起向清朝当时的摄政王载沣行刺。虽因操之过急且又经验不足，导致失败，但仍然不乏为一英雄壮举。更令国人钦佩的是失败了的汪精卫被捕入狱后，在狱中写下了壮怀激烈的诗歌："慷慨歌燕市，从容作楚囚。引刀成一快，不负少年头。"真正是豪气冲天，民间曾争诵一时。

现在说起来，摄政王载沣没有斩掉汪精卫委实可惜。否则汪精卫的历史就不会是今天的这个样子。从这点上看，有时一个人活得太长，真没多大好处。倘载沣泉下有知汪精卫的后来，当会笑掉腮帮。因为这个曾经想要杀死他的人与他相比，名声要臭万倍不止。

本当该死的汪精卫被判终身监禁。没多久，清廷垮了，他自然出了狱。走出监狱的他成为革命的先驱者。看起来革命救了他的命，但这一救，却毁了他的名节。作为革命先驱的汪精卫很自然地进入了国民党的核心。他英俊潇洒，会写诗作词，颇有几分儒雅，演讲的口才又是极好的，喜欢他的人真的是很多。

1924年，孙中山大病在身，汪精卫随侍在侧。他小心翼翼地打理着孙中山身边的事务。他精明能干，诸多事情都做得不错。人们很快习惯将他的话当作孙

◎反蒋三巨头：孙科（左）、胡汉民（中）、汪精卫（右）

先生的话了。不经意间，他便有了孙先生接班人的味道。在一个风雨如晦的日子里，孙中山终于撒手而去。汪精卫在悲痛欲绝之中上上下下忙得个昏天黑地。没有他的张罗，孙中山的丧事或许不会办得这么声势壮观和轰轰烈烈。对孙中山来说，死后有如此一人操持后事，幸也；对汪精卫来说，有如此良机在无数人面前展示自己的才能，亦幸也。要革命，就要有政治资本，经历便是最好的资本。而汪精卫有的这些资本，是许多许多革命者都没有的。人家想见一下伟大的孙先生都难有机会，而汪精卫却可以天天同他在一起，为他所有的思想和言论既作解释又作补充。有此前提，1925 年，汪精卫便被推为国民政府主席也就很是自然。

有时候想，倘没有一个顽强的蒋介石横亘在路上，汪精卫的路途或许会顺畅得多。偏偏他运气不好。一个比他汪精卫更野心勃勃且比他更有心计更有狠劲更有耐力的蒋介石立在他的面前，死活都不放弃自己要当一号角色的努力。于汪精卫来说，真有点“既生瑜何生亮”的感觉。读读汪精卫的诗，便能发现，他的心情其实一直都颇为压抑，他有无数的感伤无数的叹息无数的无奈。官做得也真不小了，可他心里的快乐却比官位要小得多。

横过来竖过去细看一番，汪精卫的一生至少有半生是在与蒋介石争斗。他们分分合合，明合暗分，相互倾轧，又相互勾结。在汪精卫倒向日本人之前，国民党的这台大戏，主要是蒋汪二人你方唱罢我方登场地轮转着表演，别的人都不过是跑跑龙套客串一二匪兵甲群众乙看客丙而已。

其实汪精卫一定是很想不通的。他看上去比蒋介石有文化有教养得多，诗文也作得漂亮，走出门去，风度翩翩。与人交际，其能力也游刃有余。可在与老蒋争风时，他总是要输上一招半式。对于汪精卫想不通的事情，旁的人可是一清二楚。一个从政的人，会写诗有什么用？风雅这东西在风花雪月的场合可能会风头十足，会招致人们钦佩的目光，可在残酷的政治斗争中，这些却跟垃圾一样。像汪精卫这样的人，根本就是选错了行当。以他这种性格，优柔寡断，敏感脆弱，疑虑重重，有几分摇摆有几分胆怯，当个清流名士，文人骚客，赏月吟诗，饮酒作乐，过上有闲阶级享受的人生就足够好了，还动什么脑筋要做官呢？一件本不适合你做的事情，你偏要去做，拗着自己命运走，一个念头有岔，立马就错过一生。

1927 年 4 月汪精卫出任武汉国民政府主席和国民党中央常委会主席。才过两天，也就是 4 月 12 日，蒋介石就在南京成立了另一个国民政府与武汉政府相对峙。斗不过老蒋的汪精卫已然没了他年轻时候的英雄气概，只三个月时间，他便向老蒋屈服。于是，中国历史有了一个著名的提法：宁汉合流。也就是说，汪精卫与蒋介石杯酒言和，两人联手，开始共同对付共产党。

只是真正的“和”是没有的，两人斗了这么多年，终是在许多问题上都有着颇大的差异。看起来他们是一伙的，可是两人之间的斗争一直没有停止过。在夏都的时代里，庐山也是他们的角斗场。

1932年，汪精卫在风景如画的庐山东谷买下了一幢别墅。这块地原为89号。最早购下它的人是汉口的德国女传教士艾斯瓦尔特。她在购下这块地的同时，还购下了隔壁的88号地。艾斯瓦尔特在这块有3000多平方米的地皮上盖起了一幢一层楼的石构别墅。不知何故，她并没有长住此处，1929年，这幢别墅并连同88号地的别墅一起转手到了另一个德国人李博德手上。李博德在庐山上有点地位，他曾经是庐山“大英执事会”的高级职员。这个人脑袋瓜也颇为灵活。他用此别墅同隔壁的88号别墅合为一起，开了家饭店。估计是生意不太好，或是有其他原因，总之李博德的饭店开了不多久，便歇了业。1932年，这幢别墅便被汪精卫买到了手。

汪精卫的别墅与后来被称作“美庐”的12号蒋宋别墅相距并不太远。静心听听，或许都能听到那里传出的笑声。老蒋在山上又是别墅又是行馆，汪精卫官虽比他的小一点，但也不甘心只此一处房产。因此，汪精卫在牯牛岭西的河南路还有一幢别墅。每每遥望到12号别墅车来车往，欢歌笑语时，汪精卫便心烦意乱，索性离开东谷，住到他远远的牯牛岭西的山上去。

河南路上的这幢别墅坐落在半山腰，早起望日出，黄昏看日落。风来雨去时，便看山谷里涌动的云海，伸手去感受湿漉漉的雾气。把一切尘世的俗事抛开不去思想，人在此地，也如在仙境。这对于有点浪漫有点敏感的汪精卫来说，是个好去处。只可惜这个汪精卫看不开也摆不脱俗世的东西，舍不得他已经获取的富贵荣华。他仍然不断地离开这里，仍然要去同蒋介石明着争暗着斗。虽然每斗必败，可他败了还斗，斗后的结果还一败涂地。让我们这些隔着时间幕布的看客，觉得真拿这个人没办法。——当然，这是一个外行人的话。

89 号地的汪精卫别墅现在的地址是中五路 303 号。当汪精卫投降日本当了汉奸后，这幢别墅便永远离他而去。1946 年，庐山管理局将此屋作为汉奸财产予以没收。在长达半个世纪的岁月里，别墅的住客来来往往，别墅也于悄然间改变了式样。现存的别墅已与汪精卫居住时不一样了。有人在原来的一层楼上用砖头加盖了一层，别墅风格便有些不伦不类。我去的那天，是一个狂风暴雨的日子。风雨之中的这幢别墅更显得破旧和凄冷。它已无固定的房客，有几个或是前来旅游或是前来疗养的客人住在这里。墙上的钟坏掉了，它的长针摇摇晃晃着，仿佛一个人抬起了脚，却怎么也走不动。庭院里绿草茵茵。距大门不远处，立着一块文物保护牌，上面注明着“汪精卫别墅”。它的隔壁，即艾斯瓦尔特买的 88 号地皮上，是 1969 年拆旧盖新的一幢别墅。这是林彪别墅。看看，多糟糕，中国人最不喜欢的两个人（大家都称他们为“叛徒”）居然搅在了一起。

◎曾仲鸣别墅占据着山上特别好的位置，汪精卫常来此处

庐山上的老人都喜欢将坐落在医生洼的98号别墅称为“汪精卫别墅”。其实这并非汪精卫别墅，而是汪精卫的亲信、行政院秘书长曾仲鸣的别墅。美国人梅洛思1898年将医生洼一带强占以后，因为对这一块地皮特别喜爱，一直未曾出手。1907年，庐山“大英执事会”将庐山上美国人的租地全部买下时，这块处于香山路和河南路交会的小高地竟然还空着，什么房子也没有修建。便在这年，李德立在上海的老朋友美国博士布拉德鲁通过李德立将这块地买到了手。他在这块海拔1115米、一面悬崖而三面低地的独特之地，盖起一幢一层石构别墅。因为此地有三面呈低势，便天然形成高地状态。其庭院面积有2825平方米，布拉德鲁在这样一片土地上盖起的别墅面积只350平方米，仅占庭院的13%。站在别墅西面的小小的观景台上，四下里风景一眼全收。为了足不出户也能尽兴看景，设计师将别墅的客厅设计得特别大，三面玻璃窗，坐在厅中闲聊，景色仿佛就奔来眼前。倘若站到专为别墅设计的观景台上，天际辽阔，无法不让人心旷神怡。

1932年的8月，曾仲鸣从布拉德鲁手上购得这幢别墅。房主用了他的夫人方宜的名字。别墅的精致和风景的优雅，令他格外得意。他立即邀请正被蒋介石冷落着的汪精卫前来小住。心情郁闷的汪精卫在此住了不少时日。庐山上的老人们看见汪精卫常从这边进进出出，便以为那也是汪精卫的别墅。这只是一种错觉而已。

曾仲鸣在1938年汪精卫投靠日本人时，也追随着汪精卫从重庆跑到越南。汪精卫发出“艳电”没几天，戴笠便派了专人潜入越南前去行刺。结果行刺的那天，汪精卫恰与曾仲鸣调换了房间，杀手夜半闯入，错将试图扒窗而逃的曾仲鸣当成汪精卫，对着他连开了几枪。隔壁的汪精卫毫毛无伤，而曾仲鸣却成了替死鬼。这个人一生都死着心眼跟定汪精卫，仿佛是汪精卫的影子，最后连死都不是为了自己，真是既可悲也可怜。

他的房子 1946 年日本投降时也收归到了庐山管理局的名下。据说这幢别墅现在已经租给了一个广东商人。商人常年不在庐山，请了专人看守房子。我头一次去的时候，大门紧闭，一把锁挂在铁门上。第二天我又去了。那天，我得以围着别墅转了一圈。觉得这真是个好地方，它的位置和别墅本身在整个庐山来说，也算得上顶尖的了。看守别墅的女人告诉我，这房子连租金带装修一共花了二百万，出租时间是十年。主人一般是过节或夏天才会来小住一阵。我们去的所有人都认为这个商人占了老大便宜。

汪精卫的最终经历，想必与他曾在日本留学有关。在日本的几年，他或多或少都有些亲日情绪。他在对日的态度上，始终有媚气。国民党签订的几个媚日协议，都与他有关联。因为他的这种姿态，使得抗日情绪强烈的人们对汪精卫极为痛恨。1935 年 11 月 16 日，当是汪精卫的一个大凶之日。这天汪精卫在南京出席国民党全会，开幕式后，全体中央委员在大礼堂外摄影留念时，身兼记者和特务双重身份、一个名叫孙鸣皋的人突然掏出手枪，对着汪精卫连连射击，汪精卫连中三枪，当即倒下。送进医院抢救，取出了两颗子弹，有一颗弹头嵌入了脊骨，无法取出。虽然当时抢救及时，他没能死成，可几年之后，最终还是这颗弹头要了他的命。

想当年汪精卫刺杀摄政王时，他是何等的英雄气概，他怀着的是何等崇高的理想。时光流逝，才二十几年工夫，他竟成为热血青年刺杀的对象。不知孙鸣皋在刺杀汪精卫时有没有受到汪精卫当年刺杀摄政王之英勇行为的激励。如果有，那才真是有点因果报应。万分遗憾的是这颗子弹并没有唤起汪精卫的良知，他反倒走得更远了，直到 1938 年正式倒戈。

抗日战争爆发，汪精卫跟着老蒋一起撤到了山城重庆。汪精卫或是从心理上就不想跟日本人开战，他内心始终复杂而纠结。1938 年 12 月 18 日，汪精卫走出了他一生中最为窝囊的一步棋。他逃离了重庆，跑到了越南。他在越南向国民党发了封“艳电”。电文中公开表明了他的媚日观点。几个月后，他从越南乘海轮抵达上海，正式投降日本。1940 年 3 月，他在南京成立了国民政府，史书上一提他的政府便要加上定语“汪伪”二字。汪精卫一身兼数职，又代主席又兼行政院长，总揽沦陷区所有大权。靠了日本人，他的视野里终于没有了挡路的蒋介石，他终于坐上了头一把交椅。但他从此也成了中国最大的汉奸加卖国贼。说起来这个曾经意气风发曾经英雄一时的人，这个曾经追随孙中山大力倡导三民主义也算得上青年俊杰的人，落到如此可悲可叹的境地，也真是不值呀。

传说汪精卫当了汪伪政府主席后，一天他着便服上街，见一测字摊，招牌写着：“字有三解，可知一生。”汪精卫便上前抽了一字，此字为“哥”。他请测字先生为他占算。测字先生说：哥者，两“可”相连也。第一解为“可父可师”。汪精卫听罢觉得自己地位显赫，对许多人来说，他的确是“可父可师”之人，心下便大为高兴。测字先生说:第二解乃“可敬可佩”。汪精卫又想起自己青年时代的英雄壮举，完全说得上是“可敬可佩”。于是更加开心,连称测字先生有水平。测字先生在说到第三解时，突然挠头不语。汪精卫忙问是什么。测字先生说事涉天机，不可泄露。任凭汪精卫怎么说，他也不肯透露。汪精卫不便暴露自己身份，只得怏怏而归。为这第三解，他彻夜未眠，一心想知结果。次日便又前去寻找测字先生。不料测字先生已人去摊空，只在地上留下用白粉写的八个大字：“哥字三解，可杀可剐”。看得汪精卫魂飞魄散。从此打不起精神。

民间传奇常常就这么活灵活现。

1944 年秋天，汪精卫因脊骨里的子弹发作，在日本进行了刮骨手术（这不就是剐么？），治疗无效，一病而逝。有说他是死在上海，蒋介石让戴笠派人用毒药使他致死；有说他死在日本，是日本人以他做医学实验而致他毙命。民间有许多的传说，个个都有头有尾绘声绘色。每一个故事几乎都可以拍成一部曲折的电视连续剧。只是，汪精卫无论是死在哪里，他在死之前都曾备受煎熬。他的病痛原本就折磨得他十分痛苦，而在人民一片的唾骂声中，以他的敏感，他内心也不会平静。尽管他在知道自己命不长久后，口授下遗书《最后的心情》，拼命为自己所选择的道路进行辩解和美化，可是字里行间，谁都看得出他背离自己的民族的那份苦涩和凄凉。这是当然。他既走上了这条路，就得背负汉奸与叛徒的罪名，一切皆是自寻，其内心哪里能有轻松？这份遗书，在恨透日本人的中国人眼里，只如一张废纸，又有谁会去理睬他所说的那一切呢？

汪精卫死后，依他遗言，墓址选择在南京明孝陵前梅花山，与中山陵相对。仿佛他还跟着孙中山，随侍在侧。甚至他的陵园也仿造孙中山的陵墓来设计。作秀如此，也颇讨嫌。汪精卫的墓室建成后，汪伪政府为他举行了“安葬大典”，且在梅花山东侧建造了一座祭堂。可惜陵墓尚未全部完工，日本就投降了。没有一个中国人愿意让这个头号汉奸的坟墓落脚在中山陵对面。1946年元月的一个深夜，在蒋介石授意下，何应钦派人将之悄然炸毁。棺盖掀开后，人们在汪精卫所穿马褂的口袋里，发现一张纸条和他的一个手抄诗稿。纸条上写着“魂兮归来”。这是他的老婆陈璧君所写。但他的魂是归不来了，甚至他的这具肉身也被送到火葬场一烧了之，骨灰随即抛弃。而手抄诗稿已然发霉，霉斑下的字迹隐约可见。最后一首诗字迹歪歪斜斜，当是他临死前所作。诗道：心宇将灭万事休，天涯无处不怨尤。纵有先辈尝炎凉，谅无后人续春秋。看看看，死到临头，还不放下他的酸诗。早知如此，你不如去做诗人好了。诗人再落魄，也不至落到这等地步吧？

一个多月后，春天就来到了梅花山。和煦的春风穿山而过，山野四处莺飞草长，绿意葱茏。放眼望去，丝毫看不到汪精卫陵园的痕迹。从此，汪精卫的一切都灰飞烟灭，剩下的就只是一个等同于耻辱、变节、卖身求荣等丑恶作为并被人人唾骂和轻蔑的名字。

曾经冒死刺杀摄政王的热血青年汪精卫，何曾想到自己竟会是这样的结果！

满山遍野都是大名人

蒋介石住在庐山真没过上一天清静日子。好容易把共产党逼出眼皮底下，虽然未能全歼，虽然眼睁睁地看着他们西去又北上，虽然也拿他们无可奈何，但到底他们不能当着他的面跟他对着干了。共产党固然远去，可日本人又走近了。现在不给蒋介石清静的正是他们。

日本人的野心在蚕食中国的过程中越来越大。他们仿佛洞悉了中国的软弱，也洞悉蒋介石迫切的“安内”之心，于是他们一次次生事惹祸，一次次挑起战端。这种强盗行径也一次次地激怒中国人。一时间，全国上下反日浪潮一浪高过一浪。国民党却抱以消极的态

◎胡宗南别墅

◎朱培德别墅

度观望着这一切。

1936年11月23日，上海成立了全国各界联合救国会。时值半年，救国会的七位领导人（人称“七君子”）竟全部被国民党逮捕。10天以后，蒋介石来到西安，住进了临潼的华清池。在劝蒋抗日未果的情况下，12月12日，张学良和杨虎城采取了“兵谏”的方式，拘捕了老蒋，史称“西安事变”。被囚的蒋介石生恐自己性命难保，于仓皇之中越窗向山上逃跑。长久的养尊处优生活，令老蒋连逃跑这样的事都不太会做了。他在慌张之中摔坏了腰不说，却仍然没能逃脱，其貌其态实在是有些狼狈。最要命的是这一跑不打紧，白白地送了华清池后面那座毫无看相的小山坡一处风景：捉蒋亭。以致后来每一个游览华清池的人都忍不住好奇心偏要爬上去看看老蒋是藏在哪道山缝里。

幸而被他逼得西去又北上的共产党出面来保了他一命。共产党提出的条件：你必须抗日。死到临头的蒋介石在这个时候，不要说抗日，就是要他抗美抗英抗法，他恐怕也都会满口答应。对于他来说，没有什么比保命更重要。有了这个，秋后算账卷土重来东山再起诸如此类都还来得及。张学良杨虎城这一回逼蒋

◎左图：张治中别墅
◎右图：仙岩旅馆

抗日大获成功，但他们自己却因此而付出了一生的代价：一个被终身软禁，一个被暗杀身亡。

1937 年，蒋介石稍稍养了养他在华清池逃跑时摔伤的腰，然后便开始摆出抗日的姿态了。日本人都快打到家门口，他再不抗日还说得过去么？更何况，他已经向共产党向张学良做过承诺。便在这一年 6 月，蒋介石向全国著名大学教授和各阶层各党派领袖人士发出邀请，请他们上庐山来共同探讨对日外交以及内政诸问题。这个会被称作“庐山谈话会”。

会议请柬是 6 月寄出的，会期定在 7 月 15 日开始。只是，会议尚未开始，“卢沟桥事变”便爆发了。国情吃紧，庐山的谈话会却并未取消。7 月 14、15 日这两天，名人们纷至沓来。一看名单，还真让人吓了一跳。胡适、马君武、马寅初、张伯苓、梅贻琦、竺可桢、顾毓琇、梁实秋、张君劢等我们所熟悉的大名人都参加了这次谈话会。国民党官方人士也几乎是倾巢出动。蒋介石亲自邀集，汪精卫亦高谈阔论。第一次谈话会尚未完，第二次又开始了。第二次的客人主要来自上海。两次谈话会的人凑在了一起，北京的名人们猛谈卢沟桥事变，而上海人没有北京人那样深切的忧患，仍然想着谈什么教育问题。倘若谈话是在“八·一三”之后，上海人便不会这样的超然。

在这次的谈话会上，众人的抗日激情似乎对老蒋有着很大的感染。老蒋说了一番过去从来都没有说过的豪言壮语。他说:“抗战一经开始,即不能中途妥协,中途妥协,即是灭亡。”这句话,很让人们激动。只是他的这句话说得太晚,谈话会尚未结束,北京即已沦陷。已经发出邀请的第三次谈话会便只能通知暂缓。这一缓,便缓没了影。

“八·一三”后,上海战事也起来了。日本人的飞机开始轰炸南京。8月20日左右,蒋介石找来几个党派的领袖开会。战火业已熊熊燃烧,光是这么一次次开会也不晓得有什么用。这次开会时,庐山上已经实行了灯火管制,所以会上黑灯瞎火。梁漱溟、傅斯年、沈钧儒等都参加了这次会议。周恩来作为毛泽东的代表这一次也上了庐山。最有意思的是天津的张伯苓先生。会议一开,他便立即发言,说:“是不是各党派全在,我们今日签字,各党各派不再斗争,团结一致,共同作战,我们全体签字,来来来,我头一个签。”一时间,在座的人都相顾无言。而实际上,这是多少年前就应该做的事。

一直消极抗日的蒋介石与主张媚日的汪精卫有着根本的不同。那就是他毕竟主张抗日。尤其在“庐山会议谈话”中,蒋介石发表了措辞强硬的抗日宣言。随后,蒋介石又发表了承认共产党合法地位的谈话。国共两党,再次携手,建立抗日合作战线。一个新的起点,从庐山正式开始。

这次会议,代表中有许多人住在庐山的仙岩饭店。

仙岩饭店是一个名叫都约翰的英国传教士创办的。都约翰原在九江有房产,李德立上山后,他便帮李德立做事。1896年,他出任牯岭公司的第一任经理。在庐山上,他的房产之多,几乎数一数二。因为他待的时间长了,他不仅能说一口很好的中国话,甚至连庐山上的土语他也能说得很流利。他在庐山无人不识,大家管他叫“都洋人”。

都约翰1910年创办了仙岩饭店。他在东谷买下

仙岩旅馆亦名九十四号,其一切起居饮食及设备均较优良。取费亦昂。届夏暑时,外人游山者固趋之若骛,国人军政界之富有者亦常下榻。

——吴宗慈《庐山志》

◎静庐：方本仁别墅

约12000平方米的地皮，在这一大片地皮上，他盖了22栋别墅。他设计的仙岩饭店的客房分为两种，一是度假式别墅，一是公寓式别墅。别墅内的陈设在当时是最豪华的。当然，它的价格也不会便宜。好在到他那里去住的人大多为达官贵人，他们将仙岩饭店作为社交或者会议的场所，也就不在乎那点房费了。山上人称这所饭店为“94号”。

方本仁（1880—1953），湖北黄冈（今黄州市）人。曾任北洋军阀赣南镇守使、赣粤边防督办和江西军务督办等职。

胡适就住在94号的54号房间。开会期间他的房间里常常是宾客满座。

可惜的是，1939年庐山沦陷后，日本人强令94号的主人都约翰立即下山，马上返回英国。面对如此屈辱，都洋人不甘忍受，于是当即服毒自杀。那一年，他75岁。说来这洋老头儿也是一条好汉。

一曲终了

再好的歌，也有尾声。而一首不太景气不太和谐的歌子，结束的音调就来得更快。

在庐山的“夏都”岁月中，蒋介石总共在山上召开了十一次重要会议，史称“庐山会议”。会议涉及外交、财政、军事、政治等各个方面。其中有一次是商讨与日本签订《塘沽协定》事宜。有一本关于庐山的书上说：这个协定的签订，令庐山羞愧难当。其实这哪里好怪庐山，怪只怪那些人怎么把这种烂事也弄到庐山上来做。

在1937年狼烟四起的日子里，庐山结束了它热闹而丰富的夏都时光。高官们都弃屋而去，富商们也都不知所往，传教士们走了许多，满山剩下的只有老百姓和一支试图守山的孤军。

1938年，蒋介石的身影不再晃动在山上了，但他的儿子蒋经国却两次上山。身为江西保安处副处长，并已被授予少将军衔的蒋经国在7月的时候登上庐山。他的目的是为了慰问守山的士兵。此时的日本人已到长江要塞马当口，眼看就要拿下九江了。站在山上，仿佛能听到不远之处的枪声。蒋公子在此景此情下亲临阵地看望守山兵士，说来也算一个壮举。

◎朱植圃别墅后泉眼

庐山守军的热血激情似乎深深地影响了蒋经国，他在连续上了两次庐山后，甚至想要率兵上山打游击，与庐山共存亡。这个雄心壮志，把他的上司和跟班们都吓得半死。别人这么做得，你老蒋的公子则千千万万做不得。老蒋闻讯想必心里也慌，这种蠢事怎能让他的长子去做？很快，蒋经国便被调到了别处，庐山上的事与他不再相干。蒋公子虽然最终没能留在庐山，但在战事吃紧时，两番冒险上山，也算留下一段英雄佳话。

蒋经国在山期间，被安置到河东路32号别墅里居住。这幢别墅原本是朱培德的。但在战时，拿它做了两个守山团的联合指挥部。

朱培德的别墅是1927年买下的。那时他担当着江西省主席以及国民革命军军需部部长等诸多职务，当然是一高官。既是高官便会有钱，既然有钱，就会买上好的别墅。比起陈诚的简朴别墅，朱培德的那幢就可谓豪华了。

1919年，庐山“大英执事会”为向十月革命后流亡的白俄人表示同情，将白肯路32号和33号地卖给了他们。而在此前，英国人是不愿将他们地盘上的地皮卖给俄国人的。这两块地共有7000多平方米。

◎1946年司徒雷登来此住过，现为周恩来纪念馆

1919年3月，设在汉口的俄国亚洲银行买下这两块地时，其中32号地皮上已经有了一幢别墅。俄国人在33号地皮上又盖了一幢。但32号的别墅是不是后来俄国人重新建过的，却不是十分清楚了。甚至朱培德究竟从谁手上买下这幢别墅，也未弄清。时间仿佛灰尘，它将历史一层层地盖了起来，纵然将浮灰拂去，可又怎么可能让历史还原成它原本的样子呢？没有疑义的只是，这幢别墅为两层楼的石混结构，依山而筑，有着石墙围砌的庭院。它灰褐的墙面、浅绿的门窗、深红的老虎窗和屋顶，显现出俄国建筑的风格，追求典雅和繁复。朱培德不是个雅人，这样散发着豪华气息的房子，一定正中其下怀。

蒋经国在这里住的时间很短。毕竟他只是来山上视察的。或许他根本就没有看清他所居住的别墅究竟是个什么模样。他多半只会记得，那里是一个战时指挥部。

庐山守军与日本人浴血奋战十个月左右，终于寡不敌众，突围下山。庐山于1939年4月沦陷。

1946年，日本人投降后，蒋介石重返庐山。美丽的山川景色令他想起往日的大好时光，于是老蒋颇有重兴夏都之意。可是，景虽昔日景，但情却不是昔日情了。此时的中国亦不再是十年前之中国。共产党及其所领导的军队已经羽翼丰满，革命大业已进入顺境。他老蒋想兴，就能兴起来吗？

结果正是如此。夏都未兴，蒋介石便丢盔弃甲地一直向东窜逃而去。

夏都的故事从此不再。

◎大林路747号别墅：蔡庐

鹿野山房

国民政府林故主席行馆，鹿野山房，在黄龙寺东，玉屏峰下，屋顶系用西式泥瓦，故战时未被拆毁。

——《庐山续志稿》

CHAIRS ON KULING ROAD.

－上山的路－

◎林森一家

这个别墅的名字真的是很让人眼睛一亮。它让我想起《诗经》，想起“呦呦鹿鸣，食野之苹”，想起一些古老的成语，想起中国古典文字中对“鹿”字的解释。

鹿死谁手，是我们惯用的一个词。鹿在此的用意是政权。鹿是人们争逐的对象。

鹿死不择音（编者注:“音”同“荫”），也是成语，语出《左传》。谓鹿到了快死的时候，不选择荫蔽的地方，比喻只求安身，而不择处所，亦比为情况危急，无法慎重考虑。

初次见到鹿野山房，对于鹿野二字，我便是从这样一些字面来认识的。但是细细翻过《庐山志》，方知鹿野山房是因其临近黄龙寺，而黄龙寺又被一个叫王宗沐的嘉靖进士题过一匾，匾上题着：鹿野禅林。于是我对“鹿野”的来头，算是有了更准确一点的了解。

鹿野山房的主人令不熟历史的人们十分陌生。他远没有蒋介石的名号响亮，而他却是正牌的国民政府主席，也就是国家元首。虽然他的上任正是在蒋介石下野的时候，但是老蒋复出后，却也依然由他继续坐着主席的位置。他做主席的年头前前后后加起来也有十二年之久。理论上他的主席地位不应该比军事委员会的委员长蒋介石的地位低，但中国的事，理论是理论，实际是实际，惯来如此。他斗不过老蒋，就算是主席，他也只能居后。不过，他能在老蒋的政上坐政府主席一位如此之久，也够不容易的了，以我之见，只有比老蒋更厉害的人、只有与老蒋完全不在同一个层次同一种境界的人，才能如此这般。

他叫林森。比蒋介石年长二十岁。

林森是福建人。他可以说是中国最早的革命者之一。有些人天生就是当革命家的料子，在我印象中，林森就是这样。在他年轻的时候，这个社会几乎还没有几个革命者，但他却已经自觉地在做这样的一些事情了。1889 年，22 岁的林森报考了台湾电报学堂，以后便留在台湾，一待便是十年。甲午海战后，清军惨败，台湾失陷，日本人占领了整个台湾。已经在台湾工作和生活了六年之久的林森受不了日本人的气，格外痛恨日本人，因而他早期的许多革命都是反日活动。1902 年，上海江海关招募职员，林森跑到上海应考，结果，他被录取。1905 年，他参加了同盟会。

庐山原是静的山，而现在的庐山是动的山，满庐山的汽车跑。我十几天在庐，从来没有看见一个游客安安静静在水边坐坐，在泉边听听泉声；就看见拿着棍子跑，庐山成了跑马场。静的庐山，变成了动的庐山，这样的风景区动得太厉害。

——《论风景区》

这期间的林森虽然参加了诸多革命活动，却并未真正进入官场。1911 年的辛亥革命为他创造了机会。在此两年前，他调职到九江海关，在那里继续着自己

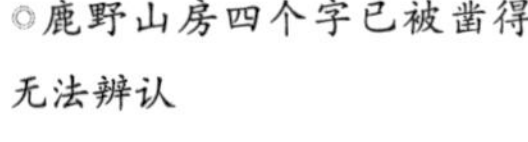

◎鹿野山房四个字已被凿得无法辨认

喜欢的革命活动，比方创办浔阳阅书报社等。武昌起义军打响了推翻清朝政府的第一枪，在交通以水路为主的年代里，九江跟武汉的关系极其密切。这边的枪声一响，林森他们在九江便立即响应，兵不血刃地夺了九江海关的权。九江光复，林森立下汗马功劳。自此，林森走上政坛。与同时代的一些热血青年相比，他的年龄是大了一些。掐指算来，他已经45岁了。人到中年，有家有业，还拥有革命的冲动，真也难得。

说起来，林森的官运还是很顺的，在南京临时参议会成立时，便被推为议长，一度还任过福建省省长。孙中山在世时，林森的身份颇似联络员，他常常去美国联络华侨。胡汉民当立法院院长之职时，他被任命为副院长。他与胡汉民的关系一直不错。

1931 年，是中国历史上很惨烈的一年。几乎刚开年没多久，上海五个作家便被国民党政府杀掉了；而后，蒋介石提出了“攘外必先安内”的口号，开始大肆“围剿”共产党和红军；九月，日本人又发动“九一八”事变，民族灾难日益深重。而国民党内部也热闹得不行，可谓风云迭起。先是蒋介石将胡汉民软禁在汤山，后是林森等人公开弹劾蒋介石。到了十二月，在多方压力之下，蒋介石终于被迫下野，国民政府改组。

国民政府主席究竟由谁出任，在当时是一个重大

◎黄龙寺

的话题。有人出了一个主意,这个人选当为“年高德劭”者才行。胡汉民希望林森能当选，而蒋介石则属意于右任。汪精卫原本想提蔡元培，可见蒋介石与胡汉民对蔡元培全然无意，便没敢开口，而是站在了胡汉民一边。当时人们大都倾向于右任当主席，就连于右任自己也觉得会是自己当选，他做好了充分准备，据说连就职后发表的小传也准备好了。但这个大桃子最后竟掉在了林森手上。事后许多人都颇觉意外，于右任亦为了这个落选气得大哭了一场。据说，林森事先并没有想到这个主席之职会落在他的头上。

在纷纭复杂的派系之争中，上了年纪的林森对这种革命产生厌倦十分必然。毕竟他走在衰落的路上。那时的林森，已成了一个恬退淡泊之人，喜欢山林隐逸生活。如果有一二知己可以清谈，便觉得十分知足。在南京时，他常去夫子庙闲逛，而在上海，他便去城隍庙，他在那些个地方买一些古董字画把玩。其实林森并不是一个会玩古董的人，所以，他买的许多古董都是假的。国府主席原本就是一个虚职，具体到林森这个人身上，就会更虚，虚得不起任何作用。大约蒋介石将此看得十分清楚，尽管 1931 年，林森参与了 15 位国府委员的对外通电，通电言辞十分激烈：“试问数年以来,激起内战、破坏统一者,非蒋中正而谁？”纵是如此，蒋介石还是放弃了自己的人选，而认同了林森。这一年，林森 64 岁。换在今天，已是退休回府之人。他的确是有些老了。

这次改组只过了一个月，蒋介石便重新上了台。林森虽然仍当着他的主席，但他太知道这个主席应该怎么当了。他对于中国智者们“难得糊涂”这一类的古训,玩味得真是很深。很快,他就让自己成了一个“闲人”。

鹿野山房便是在这一年修建，那是 1932 年。

因为在九江工作，上山游玩，自然得天独厚。对于庐山的一切，相信林森十分熟悉。他在九江海关任职期间，便已在黄龙寺一带购有地皮。1926 年，林森尚是国民党中央执行委员，他便购下了垱坝埂 2 号别墅。这幢别墅曾是海关职员林森的顶头上司——中国海关总署检查总长的。这个总长叫菲特列·威廉·迈吉，是个英国人。

英国人迈吉于 1896 年 11 月买下了这块岭脊上的地皮。这块地皮面积约有 2823 平方米。它的位置是极好的。因为地势高耸，眼界便尤为开阔，朝北望去，可望见剪刀峡和小天池。再远一点，连长江也尽在眼中。掉转身，草地坡和莲谷路的别墅群落也一览在目。甚至，俯身下望，牯岭越来越连成一片的屋顶，也都在视野之内。迈吉在上面建了一幢二层楼的石构别墅。别墅坐西朝东，正面是立有石柱的门廊。遗憾的是，

◎三宝树

它并未像其他别墅一样，采用铁皮瓦形彩色屋顶，而是选用了平顶。在绿荫浓重的山中，弃用彩色坡顶，多少使别墅少了一些活泼和生气。不过，家居的房子，主人喜欢什么样，自有他自己的道理。

林森在 1926 年买下这幢别墅后，没住几年，就把它卖给了宋子文的岳父、九江人张谋知。这幢别墅现在的地址是日照峰 6 号。

凡到庐山的人，大抵都会到黄龙潭、乌龙潭、三宝树走一走。这是庐山的一条最通常的旅游路线。黄龙寺因在黄龙潭邻近而得名，三宝树便在黄龙寺下，西下半里便是乌龙潭。

1931 年，林森在黄龙寺他早年买下的地皮上修建了他的鹿野山房。这块地在 1927 年时，曾经有过一点麻烦。当时的江西省农林局认为这块地的契据不全，曾由九江公安局派员查询过，但因为买家是林森，便不了了之。当官常常会有这样的好处。

玉屏峰下的鹿野山房远远地离开着热闹的东谷和西谷。在东谷，一言九鼎的蒋介石住在河东路；在西谷，对蒋介石眼红得咬牙的汪精卫又在河南路。林森想要当一个超然于外的人，只有远远地躲着他们，躲着这个政治的中心也是扯皮拉筋你死我活的中心。尽管他是国府主席，他的权力应该至高无上，他应该谁也不在乎，可是他深知自己如果还想多活几年，最好的方式就是超然于世外。当年诸葛亮对向他求救的刘表之子刘琦说："申生在内而亡，重耳在外而安。"林森明白，这句话也适合于他，他现在要做的就是一个重耳。

鹿野山房在黄龙寺东面，距黄龙寺只几十步路，位于高高的山上。那里只孤零零的一幢房子。在它视野下的黄龙山谷，是一片葱茏的树林。"鹿野山房"四个字刻写在正面的楼梯石条上。不过，我去的时候，它们早已被人凿得个乱七八糟，不仔细看，几乎就看不清这四个字的笔画。鹿野山房虽然是国府主席的别墅，但它实际上是很朴质无华的。两层楼的房子，一楼是粗石块砌就，像庐山许多别墅一样，四墙都是侧角，下大上小，给人一种稳定之感。二楼朝南是红色的雨淋板，也像山上许多别墅一样，它的外廊被封闭在雨淋板里面。

1933 年的鹿野山房又被称为“国府行馆”。虽然朴素，但站在山脚向上望时，它却是高高在上，有一种傲然独立的味道。那时节公路未通，林森往来都是一顶大轿抬进抬出。由于路途遥远，如果要开会，从鹿野山房抬到东谷恐怕得好几个钟头，所以，我估计，林森会借此理由，能不参加的会议他都不会前往。这恐怕也是老蒋所巴不得的。

白天，如果没有几个香客的时候，整个山谷都是静静的。到了黄昏，黄龙寺的钟声响过之后，山里便更是静得只剩下了风声，而夜半之时，黄龙潭的低吟

◎交芦桥

乌龙潭的轻唱，在梦边大约也会有如雷鸣。不知道这是否就是正当着一国主席的林森心中想要过的林下生活。

黄龙寺东行里许有桥，曰交芦桥。有二路通牯岭街：一过桥循山麓东北行，经过洋人坟下冲而至上冲；一不过桥，东至芦林，经过猴子岭中谷而至长冲。桥当涧流之冲，修而圮，圮而修屡矣。桥崖石有民国十七年（1928）闽侯林森题识，又有“交芦桥”三大字、“归宗梅”三字。旁小字曰十五年“冬青芝老人移植”。其桥旁有梅一株，闻系由归宗寺移来者。

——吴宗慈《庐山志》

说起来林森也算得上是一个大隐，正所谓“大隐隐于朝”。做隐士能做到林森这样的地步也真算是做到顶了。庐山风景如画，东西方文化积淀深厚。林森似乎对文化并无多大兴趣，他一直钟情于古玩，所以，他的鹿野山房里，往来比较多的还是那些古董商。有一回，蒋介石来到庐山后，突然坐一架无顶藤轿来鹿野山房问候林森。恰这时，几个古董商人在林森别墅里与林森一起把玩古董。林森的秘书一见蒋介石的大轿上来，立即通报林森：委员长来了。林森却不动声色，照旧品鉴古董，直到蒋介石进到屋内，方站起来，迎接老蒋进客厅。蒋介石倒是蛮客气，恭恭敬敬地叫“主席好”。秘书到这时才将古董商人引入别室。蒋介石也算会做人，常常到鹿野山房看望林森，所去并无他事，只是问候。时常也关照林森，需要什么，可找励志社。林森多是散漫着应答，一副无所谓的样子。

老话说，伴君如伴虎。林森的安宁是因为他把国民政府主席这个应该是有实权的位置坐虚了。这样，他就置身在了权力斗争之外。他比谁都明智，在这个鱼龙混杂的时代，大智若愚、难得糊涂这些中国传统

◎鹿野山房背后

文化的精髓，被林森充分地活学活用了一生。因而他在蒋介石的枪口下，安然地生活着。

在山虽是享受清静的日子，但也并不寂寞。林森也会做一些别的事情，比方，芦林大桥下有一名为“交芦桥”的小石桥。那是林森在庐山养病期间，请人修起来的。修好后，桥又被洪水冲垮，黄龙寺住持青松重新将桥修复，林森特为此小石桥作了一序。序只一百字左右，竟让许多凡人感动。说是林森这样的大人物，居然愿为一个小石桥操心并作序。其实，林森修此小石桥或许只是顺便，写此小序大约也是兴之所至，又有什么可以大惊小怪的呢？不过，这种星星点点的小事，多一些，倒能让我们的文章看起来多一些趣味。

1937 年，日本人打来的时候，悠哉游哉地过着又是主席又是闲人生活的林森，不得已告别了他的鹿野山房，去到重庆。

在重庆，蒋介石在歌乐山双河街为自己建造了一座“总裁官邸”。落成时，林森前往祝贺，见官邸建筑雅致、环境清幽，赞不绝口。不知是蒋介石大方，还是这幢官邸本就是为林森而修，只知蒋介石当即便将官邸赠与林森。从此官邸就属于了林森，被人们称作“林园”。我没去过林园，因而无法拿它来与鹿野山房比较，但我想，对于一心想超然世外的林森来说，鹿野山房这样的位置似乎更合适一些。

1943 年的一天，林森乘车出门，不幸因车祸而死亡。这一年，他 76 岁，活到这种年岁和地步，也算值得了。

但凡名人去世，民间都会另有一些说法，林森遇难同样如此。民间一说他是被老蒋害死的，其原因是因为老蒋出国访问时，不能按国家元首的待遇被接待，而林森出访，则完全是最高等的元首待遇，老蒋为之气得够呛，却拿别人国家奈何不得。想要自己名副其实地排名第一，唯一的办法，就是去掉林森。于是林森就出了车祸。看上去，这种说法似乎也不无道理和逻辑。但我想，老蒋之所以成为老蒋，难道竟会做这么愚蠢的事情？

林森葬在了他的老家。这一点，他比老蒋幸福。他叶落归根了。在网上，我们能找到林森纪念馆的主页，但里面却是空空荡荡，没有什么内容。

鹿野山房在日本人占山期间，却并没有被拆毁，只是屋里的家具荡然无存。但是，无论它是怎样的一个结果，林森都没有再回来。

我在一个春天的上午，来到这里。鹿野山房已全无当年的景象。它的外表破败不堪。朝南的墙壁那红色的雨淋板在时光和风雨的夹击下，已然变得发黑，仿佛长了霉一样。二楼有一个小小的阳台，下面原本有四根石柱支撑，但现在，石柱已经断掉了两根，被居住在这里的人们用两根木头替代着，看上去有点摇摇欲坠的样子。不知有多少户居民住在这里面，应该是庭院的地方，歪七竖八地架着一些晒衣的竹竿。我们想要好好拍一张鹿野山房的照片，已不可能。当年的“国府行馆”在今天已经不成样子。倒是它眼皮底下的黄龙寺，金黄灿烂一片，令人惊异地热闹和繁华。

不过，我还是宁愿走近这样的老屋，站在它陈旧的墙壁和门窗前，看一看，想一想，回味一下历史展示给我们的内容，感受一下人世的沧桑。慢慢地，内心的思绪便会于无形中得到一种提炼。

吴庐巍峨

吴庐古堡式的雉堞运用类似的造型因素筑构，与背景环境融为一体，互相呼应，野趣盎然。

——欧阳怀龙《庐山近代别墅群屋面的特点》

VIEW OF ESTATE 'HANKOW' GORGE.

－汉口峡的别墅－

◎吴楼(即“吴庐”)

到庐山的人，大概没有不去花径走走的。去到花径后，大多都会在有着“花径”二字的门前照相留影。大门两侧的刻联“花开山寺，咏留诗人”确也意味深长。门外的景色令人流连忘返。尤其黄昏时分，车少人稀，一边是湖，一边有山。倘有风过，山呼水应，不经意间，会觉得不是人间。庐山这个地方，细细地品味，真有无数妙不可言的味道。

会看风景的人常常比旁的人多一份心眼。他们总

吴鼎昌（1884—1950年），字达诠，号前溪。浙江湖州人。曾加入同盟会。1912年大清银行改组为中国银行，任正监督，后升任总裁、造币厂总监督、财政次长等职。1920年发起金城、大陆、中南和盐业四银行合组四行储蓄会。1926年与人接办《大公报》任社长。后又曾任实业部长、贵州省主席、总统府秘书长。1949年移寓香港。1950年夏去世。

会注意到，在花径大门马路的斜对过，有一幢高大巍峨的房子。要说这房子本身并不算高，可它坐落的地势却使得每一个看到它的人都不得不采用仰视。往往人们习以为常地会以为这是山上一处重要的机关，然后想当然地对它望而却步——谁都知道，机关是不得让凡人入内的。但有一天，我在朋友引领下，终于踏上了这个台阶，也终于看清了这个房子。于是方知，这里只是一处别墅，像山上其他别墅一样，它曾经也是私人所有。

可是它与别的那些平易近人的别墅相比，显得多么霸气，多么傲慢，多么特立独行。就连它的名字也叫得不同凡响：吴庐。不是一个优越感极好，喜欢拉开架式摆谱的人，谁会这么个叫法？

这个房主的名字叫吴鼎昌。

在我们了解这幢别墅之前，我们还是应该先认识一下他的主人。

1884年，吴鼎昌出生在四川的华阳县。但他并非就是四川人。他的祖籍乃江苏吴兴。只是他的父亲

◎吴庐的二楼露台

◎吴庐一角

吴赞廷长期在四川做官，老了过后，便索性不回老家，跑到成都置田买房，在那里定居了下来。吴鼎昌出生在一个有钱人的家里是毫无疑问的。吴鼎昌少年时代便成为华阳县的秀才，以后又到成都读书。在成都获得四川官费，远渡日本留学。同许多早期投身革命的人一样，他在日本期间，成为同盟会成员。可是他并不是一个激进的革命派，当别人都一腔热血地闹革命时，他却关起门来在家练习写小楷，想要回国参加考洋翰林。果然他回国参加了考试，并且高中。此后，他便进入金融界。在袁世凯、张勋、段祺瑞的你方唱罢我登场的辗转交替中，吴鼎昌渐渐地升迁。传说，吴鼎昌其实很小的时候就想做官。他是一个条陈专家，从清末到民初，他不断地给大官上条陈，出主意。上得多了，终于得到袁世凯总统府秘书长梁士诒的赏识。梁士诒将他推荐给袁世凯。可恶的是袁世凯这个人选人要相面。他在相吴鼎昌时觉得此人"背后见腮"，认为不宜重用。结果只给了吴鼎昌一个农商次长的官。吴鼎昌嫌此官太小，气得懒得一去。

后来在段祺瑞的时代，因财政总长兼盐务署督办梁启超的任命，他做了盐业银行的总经理，几乎可以说正是这个职位奠定他以后的人生道路。接下去他又做了段执政手下的财政次长兼天津造币厂厂长。在这期间，他终于发了大财。吴鼎昌选择金融业自是觉得自己有此方面的特长。据说吴鼎昌特别会算计，因此他尤其会赌博。靠了他的赌博本领，他跟许多要人拉上了关系。甚至靠了他的赌技，他赢了不少钱。他在北戴河的一幢别墅就是他打牌赢到手的。这个赌注也真够大的。

旧时官员，自小读诗书长大，不管后来从事了什么职业，或多或少都还会有一些文人酸气，吴鼎昌也是一个。他喜欢舞文弄墨，因而他常常以"前溪"的笔名在报纸上发表文章。这些文章许多都是谈经济的，由此博得"经济专家"的称号。

发了财的吴鼎昌曾经跟朋友说，他这辈子想要办三件事。第一是开一家报馆。他认为一般的报馆因为资本不足，只能滥拉政治关系，靠此拿津贴。结果政局一有波动，报就垮了。他计划拿出 5 万来开报馆，不拉政治关系，不收外股，准备赔光。他只要请一个总经理，一个总编辑，准备好他们两人三年的工资，让他们一心办报，这样，报纸就不会因为政局不稳而关门。第二，他想要办一个储蓄会，用以抵制外国人办的储蓄会。第三，他想要开设一个国际大旅行社，免得来到中国的外国人只知道住洋饭店。

结果，这三件事他都办到了。他投资 5 万元钱买下了《大公报》，使得当时几乎垮掉的《大公报》进入它的全盛时期，在中国新闻界举足轻重。他发起由当时的盐业、金城、中南、大陆四家银行创办"四行

◎吴庐的窗

储蓄会”。这个“四行储蓄会”吸收存款最多的时候达一亿元钱，活生生地把外国人办的万国储蓄会和中法储蓄会挤垮掉了。他的这个四行储蓄会投资建立了上海国际饭店。这个国际饭店曾经给中国人带去多少自豪和荣耀。很多人都有愿望在一生之中做几件自己特别想做的事情，但很多人的愿望永远只是愿望，只有很少很少的人可以将自己的愿望变成现实。而吴鼎昌却是这很少人中的一个。他想办的这三件事都不是小事情，可是他竟然做得如此漂亮。可见吴鼎昌这个人真不是凡夫俗子。

吴鼎昌盘购下《大公报》后，请他在日本留学的两个同学胡政之和张季鸾出山。吴鼎昌任社长，不支薪金；胡政之做总经理兼副总编辑，张季鸾做总编辑兼副总经理。两人每月三百块钱薪水。三人约定，专心办报，三年之内不兼他职，不得担任有任何俸给的公职。发表文章，观点不同时，少数服从多数，如三人观点各不相同时，服从总编辑张季鸾意见。这是一个有章有法的开端。从此，靠了吴鼎昌的钱，胡政之的组织，张季鸾的笔力，他们这三驾马车将《大公报》拉上了它的阳关大道。

《大公报》于 1926 年 9 月 1 日，重新续刊。发刊的第一期，张季鸾即以记者名义，写了一篇关于《本社同人之志趣》的文章。文章中提到大公报从今以后，提倡“不党，不卖，不私，不盲”的四不主义。第一“不党”，是说他们的报纸与中国各党派系无任何瓜葛，纯以公民地位发表见解；第二“不卖”，他们认识到“欲言论独立，贵经济自存”，因此，他们不接受任何政治性金钱补助，也不接受任何政治方面入股投资，总之，报纸的言论“断不为金钱所左右”；第三“不私”，报纸不为私用，而是面向全国开放，成为公众喉舌；第四“不盲”，即不盲从，不盲信，不盲动，不盲争。后来的《大公报》是否完全做到这一点也很难说，可是这四条立场的提出，却不能不让人对大公报刮目相看。张季鸾所陈述的观点，自然也是老板吴鼎昌的观点。

作为传媒的《大公报》，其对社会的影响力是至深至远的。但《大公报》成为吴鼎昌通往高官的跳板，恐怕吴鼎昌自己事先也没有想到。隔着几十年的时间，我们用现代的眼光来看吴鼎昌所作所为，其实可发现他是一个非常会为自己报纸抓新闻点的人。当然也有一种说法是：吴鼎昌聪明绝顶，他知道什么时候搞政治投机最合适。1931 年“九一八”事变后，民族危机更加深重。作为“闻人”的吴鼎昌抓住“国难当头，废止内战”的话题进行了“炒作”。他在上海发起了一个“废止内战大同盟”，亲自起草了同盟的十条章程。他们发表通电，署名者大多为上海“闻人”以及工商巨子。他四处发表演说，并将演说稿在报上发表。他的观点与蒋介石的“不抵抗政策”几乎一致。蒋介石因这个政策面临着来自全国民众的压力，《大公报》以及吴鼎昌的观点，给了他很大的支持。他一方面需要有报纸做些许抗日的点缀，一方面又请于右任发电报给张季鸾，请他们“缓抗”。《大公报》正好扮演了老蒋所需要的这种角色。

1932年的夏天，蒋介石约吴鼎昌上庐山面谈。这次谈话持续了一个星期。面对如此良机，吴鼎昌自然将自己的才华发挥得淋漓尽致，蒋介石对他大为赏识。便是这一年，吴鼎昌算是一只脚踏入了老蒋的门槛。接下来不久，吴鼎昌便组织了一个“赴日经济考察团”，团员有三十多人，都是金融工商界人士。吴鼎昌是团长。此时的他，已俨然金融工商界领袖的一副做派了。从日本一回来，吴鼎昌便坐上了南京政府实业部长这把交椅，从此他与蒋介石的关系可谓上和下睦。作为“闻人”的吴鼎昌自此后便成了一个官。

还家一笑即芳晨，
好与名山作主人。
邂逅五湖乘兴往，
相邀锦绣谷中春。

——王安石《锦绣谷》

吴鼎昌的个人奋斗到此也就告一段落。当官的事就没什么好说的了。官场上无非是钩心斗角，你降我升之类，复杂得不得了，却毫无乐趣。但有一件事说起来也还有些意思。说吴鼎昌是一个点子很多的人大概一点也不错。1945年，吴鼎昌调到重庆，给蒋介石当文官长。抗战胜利了，对于蒋介石来说，去摘取胜

◎锦绣谷

利的果实和继续消灭共产党这两件大事都是他想要做的。可做这两件事都需要时间。这时吴鼎昌替蒋介石出主意了。他建议蒋介石邀请毛泽东到重庆进行和平谈判，共商国家大计。如果毛泽东不去，就可以借此宣传共产党不愿意谈和平；如果毛泽东去了，那么蒋介石也可以趁着国共谈判的时间抢先受降，并调兵遣将，准备打共产党。蒋介石以为这是个好计，于是采纳了吴鼎昌的建议，一而再，再而三地给毛泽东发电报。他们都以为毛泽东根本就不敢到重庆去，所以电报虽然发得死多，可半点准备工作也没有做。哪晓得，毛泽东竟坐飞机到了重庆，一时间弄得他们措手不及。吴鼎昌的这个计策虽然没给国民党带去什么好处，却使得历史多了一段好看的、能让人回味许久的回合。

1948 年吴鼎昌被任命为总统府秘书长。只是他这个官做的时间太短，连一年都不到。1949 年，蒋介石“引退”，他亦辞去了官职，到香港做了一个寓公。在去香港前，他把所有的“动产”都换成黄金美钞，准备舒舒服服地度过以后的日子。可惜的是，他在香港还没来得及认清街路，便一病而逝。他死于 1950 年的夏天。这一年，他 66 岁。他带到香港的钱也就再

◎吴庐大门

也没有机会花完了。

另外，他还背着一顶帽子：他是在新中国成立前夕，被新华社电讯公布出的四十三名战争罪犯之一，他的排名在第十七位。

庐山的吴庐修建于哪一年，我手边找不到确切的资料来认定。有一说是在 1929 年。1929 年的吴鼎昌正做着银行老板和《大公报》社长。从经济实力上来说，他盖这样一栋豪宅完全有可能。

20 世纪 20 年代末，山上的传教士因中国时局的动乱，纷然变卖自己的房产。许多中国的商人或是大官都是在这个时候买下了洋人的二手房。但吴鼎昌却没有走同样的路。他非但不去买洋人的房子，甚至连自己盖的房子也不愿意同他们搅在一起。他远离了东谷和西谷，而那二谷正是别墅的密集区。他把自己的房址选择在推车岭的脊背上。在这个地方盖房子，有一点离群索居的意味，可是它却是与山上最著名的风景点花径和仙人洞遥遥相望。

吴庐坐落在海拔 1090 米的高处。它之所以显得高大正因为它建造在山脊上。有钱人盖豪宅与普通人盖家居住房的观念是完全不一样的。吴庐无论如何都不给人以家居的味道，而更让人觉得它是用来进行社交或是接待客人的。或许正是因为主人的用意不同，因而它与满山家居式的别墅风格大相径庭。进到吴庐，你至少要上颇为高陡的台阶。这台阶是山本身的高陡而造成的。当然，吴鼎昌不会就这么走进自己的别墅，他自是会坐小车的，小车有自己的车道。小车的道路要绕上一绕，方上得山脊。

吴庐将近 700 个平方米。主体呈正方形。它的门廊深、宽、高均有三米，前面站着两个大石柱，看上去很是威严，仿佛一个人板着国字面孔又端着一副大架子。不过，有钱人可能就喜欢这么一种味道，他们以为摆谱就得这样，你拿他有什么办法？在别墅的东南角和西北角，分别建成八角形古堡的式样。在这里眺望风光，简直是再好不过了。东南角，可望见花径中的繁花似锦，绿荫如盖；而西北角，则可尽收锦绣谷无限风光。远处险峻的山崖，山崖下幽深的峡谷，峡谷中漂泊的云雾，都在这古堡中尽收眼底。站到了这里，你真不能不为吴鼎昌找到这么个好地方盖屋建房而击节赞叹。美庐与之相比，也不能不甘拜下风。美庐虽然精巧秀丽，却都是人工所为，而吴庐的风景却是天然自成。推开窗子瞥上一眼，景色便一望无边，而且是那样大气磅礴，那样飞舞灵动，那样浑然一体。四时不同，晨昏不同，阴晴不同，景色便也全然不同。大自然的变幻莫测，风云激荡，住在吴楼，便更能真切地感受得到。

吴庐现在的地址是大林路 742 号。我去看吴庐的那天，天气晴好。站在马路边仰望吴庐，那种巍峨，竟能使我心里感到一种压迫。你觉得选择这样一个山脊盖别墅，的的确确需要一种气派、一种见识和一种野心。

（有关吴鼎昌的资料，本文参考中国文史出版社出版的《文史资料选辑》合订本第七册第 25 辑王芸生、曹谷冰所著《1926 至 1949 的旧大公报》一文，特此感谢。）

崇雅楼

森森万木阴，潜虬睡深稳。
凉风发群籁，松涛振天韵。

——李烈钧《集万松林分韵》

FUEL CARRIER ON KULING ROAD.

– 庐山的路 –

◎庐山锦秀谷风景

进入锦绣谷，一路向下，一块巨石突兀地卧在山路拐角。站在这块巨石上，四下展望，远山的轮廓犹如波浪一样漾开着，云雾便在波峰一样的山顶缭绕不断。几乎每一个走到这儿的旅人都或坐或立地在这里照相留影。他们之所以如此这般，还不单单是因为眼前身后的无限风光，而是因为这块巨大的石头上刻有四个大字：纵览云飞。这四个字笔力豪迈奔放，字意大气磅礴。它仿佛能把所有走到这个地方的人们内心的一种情愫呼应出来，它令人心头突然激荡。它是人们游览自然风光中的画龙点睛之笔——说来这就是文化的力量了。

相当一段时间，民间都传说这块石头上的题词人是李烈钧。直到前些年，庐山工作人员为石刻描红修整时，才发现旁边另有题词。题记中写有题刻的时间

“纵览云飞”摩崖石刻的作者是谁，长期以来一直是人们关注的问题。有说是李烈钧写的，有说是陈三立题的，众说纷纭，无从定论。不久前，有人在仙人洞景区摩崖石刻描红修整过程中，对石上题款进行了仔细清理，发现有以下字样：“余达庐山游至此处观见先君讳福德道刻有豁然贯通四字心中□感亦须刻字以纪念民国二十二年秋□右马鸿炳题”，共计45字，其中有两字已完全风化。从题款中不难知道“纵览云飞”的作者应是马鸿炳，题于民国二十二年秋，即1933年。有趣的是我们还可推知“豁然贯通”的作者名为马福祥，他是马鸿炳的父亲。马鸿炳题“纵览云飞”乃是因其父所题“豁然贯通”心有所动，于是自己也题字刻上，以作纪念。

和题刻人名字。“纵览云飞”四字刻于民国二十二年，即 1933 年，题者为甘肃人马鸿炳。因旁边另有石刻“豁然贯通”是其父马福祥所写。马鸿炳游山到此突见父亲的题刻时，正是马福祥去世一年的时间。他心情激荡，于是写下四个字，题于一旁，与父亲的题字遥相呼应。马福祥是马家军领袖之一，是甘肃的旺族，他自己也做着高官。夏都时代，在庐山有别墅以及在山上留有题刻，也是自然而然的事。倒是这马家父子俩的题刻，为锦绣谷增添了一大景观，也增添了一段传说。

题刻虽已明确不是李烈钧所写，但之所以一直风传他写，想来他在庐山上的传说也不老少。当然，在世俗的见识中，李烈钧三个字并不是一个响亮的名字，知道他的人肯定比知道小凤仙的人少。但他却是现代历史中一个相当重要的人物。

而对我来说，李烈钧则是一个熟悉不过的名字。并非我对历史有多么熟悉，实是因为李烈钧与我母亲这个家族有着很深的渊源。小时候，母亲常说起，她的外祖父即我的曾外祖杨赓笙曾与李烈钧是至交好友。李烈钧常去曾外祖家，两人谈诗议事，甚为投合。他们曾一起举行过湖口起义，反对袁世凯，这即是历史上所称的“二次革命”。他们又一起流亡到日本。

◎崇雅楼

我的两个舅公也零零星星地说过类似的一些事情。李烈钧曾是我二舅公的干爹，每去他家，便将他抱至膝上，教他读诗作文。二舅公说李烈钧同我的曾外祖杨赓笙两个人都好写诗，还一起合出过一本诗集。

如此，我在写有关李烈钧的文字时，心中就别有一种亲切之感，仿佛正写着自己的祖辈一样。

◎李烈钧像

一

李烈钧是江西武宁人。武宁在江西省的北部，位于两座大山九宫山和庐山之间，距陈三立的老家修水非常近，是江西省的一个大县。武宁是个有着两千年历史的古邑，青山立其侧，绿水绕其间。很难说它有多么富裕，可它却是有着异样清丽灵秀的南方风景。

李烈钧出生在这儿一个叫罗溪坪源村的地方。他的父亲曾经参加过太平天国起义，额头和肩上都刻有“太平天国”的字样。失败后自回乡下，耕种之余，常向李烈钧讲述他经历过的战事，讲到胜利时，便万分激动，讲到战败时，便长吁短叹。后来他做运输生意，家境渐渐富了起来。李烈钧的母亲是个有文化的人，尤其对历史以及掌故熟悉。她除了教会李烈钧古文外，亦经常向李烈钧讲述历史故事。李烈钧的父母是他最初的老师。因了他们的缘故，李烈钧自幼既学

◎院内的亭子

◎李烈钧题字

文亦习武。中国古代文化中，书与剑向来有着某种相通气质。击剑者均好书法，善书者亦通剑理。李烈钧便是如此。他文喜书法，武好击剑，儒雅与豪放兼而有之，因此自有一份洒脱。

光绪二十七年也就是1901年，李烈钧因为身材魁梧，天性爽直，被武宁彭县令看中，选送到江西武备学堂。自此，李烈钧走上从武的道路。他的学术两科成绩都十分优秀，又于1904年由学堂选送北京应试。合格后再由北京练兵处选送赴日本学习陆军。这样算起来，李烈钧当是地道科班出身的军人。整个学习过程中，他因自己功底深厚，几乎没有什么坎坷。

正是在日本期间，李烈钧认识了黄兴。1905年，又因黄兴介绍，认识了孙中山。第一次见孙中山时，是在东京神田俱乐部。李烈钧直接听到了孙中山的关于推翻清政府、建立民主共和国的长篇讲演，立即便对孙中山佩服得五体投地。

1911年，武昌起义打响了摧毁清政府的第一枪。这一枪声激发了全国各地的革命热情。江西的九江亦于10月23日在同盟会会员林森等人策动下，兵不血刃地响应武昌起义，成立九江军政分府。李烈钧应邀回到九江，正式就任了总参谋长。紧接着又被推为海陆军总司令。1912年1月，在江西省临时参议会的请求下，李烈钧于3月19日就任江西都督。自此李烈钧开始进入中国革命的核心。

二

在我们的历史教科书中，总会提到共和之后的“讨袁运动”。用武力讨袁，是孙中山所主张的，而李烈钧则是讨袁运动中的最积极的行动者。后人因他在讨袁中的壮举索性把他叫作“讨袁将军”。

1913年3月，袁世凯派人暗杀了宋教仁，同时又向五国银行签订了二亿五千万元的善后借款，准备扑灭革命势力。这年5月，作为江西都督的李烈钧与湖南、广东、安徽几个都督联合通电，反对袁世凯与五国银行签订大借款，并公开指出袁世凯为刺杀宋教仁的罪犯。袁世凯一怒之下，免去了李烈钧的江西政府都督职务。此时的江西省政府议会，义愤万分，纷然请求李烈钧起义。李烈钧没有同意。他说：“中央免除吾职，吾即起义，是反也，非义举也，袁世凯违法，重袭帝制，以民意伐之，吾赴听命。”照现在人看起来，李烈钧多少还有些文人的迂阔。

6月中旬，李烈钧由九江赴上海，临走前，他叮嘱我的曾外祖杨赓笙，让他赶紧回老家湖口作发难的准备。杨赓笙那时是省议员，在他的家乡德高望重。李烈钧说：“湖口地形险峻，襟外江而带内湖，为兵家必争之地，故亟宜作起义之策源地。”

李烈钧这次到上海见到了孙中山和黄兴，他们一起商量了反袁事宜。在孙中山主持的讨袁会上，李烈钧被公推为讨袁总司令。7月，李烈钧由上海回到湖口。当月12日在湖口成立讨袁司令部，李就任总司令，随即宣布独立。

我的曾外祖杨赓笙成为这次讨袁的参谋长，他毁家纾难，竭力而为。他的女婿即我的外祖父张仲西刚从日本庆应大学留学回来，几乎连气都没歇一口，便追随着李烈钧投入了这场讨袁的革命。张家因是彭泽县的富户，当即便由彭泽发送两千担大米，以示支援。李烈钧将自己所佩宝剑赠给了杨赓笙，我的外祖父张仲西在场目睹了这一场面，甚是激动，立马写下了一首诗，敬呈给李杨二人。诗云："夜夜龙吟意若何，中宵起舞影婆娑。隰多蛇蝎山多虎，陆有包洼海有波。脱颖原为今日用，霜锋曾费十年磨。凭君去管不平事，快意尊前一啸歌！"这首诗记录在《彭泽县志》里。当年这群革命者的豪情真令人感动。

湖口讨袁当即发布了讨袁檄文，并通电全国。这篇檄文便是我曾外祖杨赓笙所写。文中痛斥袁世凯："乘时窃柄，帝制自为。绝灭人道，而暗杀元勋；弁髦约法，而擅借巨款；金钱有灵，即舆论公道可收买；禄位无限，任腹心爪牙之把持。……以兵威劫天下，视吾民若寇仇，实有负国民之委托。"檄文写得痛快淋漓，一时间，在民间广为传诵。

李烈钧的讨袁大旗拉起后，很快，湖南、湖北、安徽、江苏、福建、上海、重庆等地也都相继起义，宣布独立。但是终因兵力悬殊，援军不续等诸多缘故，起义失败了。

因为这次行动，孙中山被袁世凯公开通缉，从而流亡日本。李烈钧自是重要通缉对象。袁世凯甚至开出"不论生死，赏银二万"的价格通缉李烈钧。李烈钧、杨赓笙等人被迫离开家乡，逃往日本。临别前，他们曾投石于江，共同起誓："沉石于江，意志如钢。不灭袁贼，誓不还乡。"

1915年初，袁世凯宣布复辟帝制，又出卖国家主权，公然接受日本提出的"二十一条"。于是讨袁的呼声，再次在革命者中兴起。此时的李烈钧正滞留南洋。我的曾外祖杨赓笙当时也在南洋办报。这一年年底，孙中山电催李烈钧回国，继续讨袁。李烈钧听命即转道潜入了云南。杨赓笙亦在南洋为这次更大规模的讨袁行动筹措钱款。在起义前夕，他带着募捐到的大笔钱款，由缅甸到了云南。

此次的讨袁决定以反对袁世凯复辟帝制，捍卫共和国体制为宗旨。他们组织了“护国军”。蔡锷任第一军总司令；李烈钧任第二军总司令；唐继尧任第三军总司令。12月6日，护国讨袁的大旗再次高高地举起。他们通电各省，历数袁世凯二十条罪状，宣布云南独立，再次发表讨袁宣言。这是一次声势浩大的革命行动。李烈钧当即率军向滇桂边境进发。一路打下，连连胜利。广西独立后，李烈钧沿粤江北上。在攻打韶关时，驻韶关的袁世凯部一听炮响便逃掉了。“李烈钧三炮定韶关”便成了民间饶有趣味的传说。

在讨袁护国军队节节胜利的炮声中，袁世凯连惊带吓，死掉了。这场战争便因了袁世凯之死而结束。与袁世凯较量的整个过程，是李烈钧生涯中最光辉灿烂的一段。

三

1925年1月，正在上海的李烈钧忽闻孙中山在北京病危，急忙赶到北京，随时听侍。两个多月后，孙中山便病逝。李烈钧参与主持了丧事，并且亲自拟写了挽联：“才逾汤武，功盖桓文，九万里震威名，天授如斯！前无古人，后无来者，出秉节钺，入赞戎机，二十年共患难，山颓安仰！上为国恸，下为私哀。”这副挽联，可见李烈钧对孙中山的钦佩与景仰。

这时的北京，正是段祺瑞执政期间。段祺瑞对孙中山又恨又怕。他本来答应前去参加孙中山的葬礼，并亲自致祭。可是临行前，他的幕僚们都劝他，说是此去凶多吉少，还是不去为好。有一个亲信甚至在段祺瑞面前长跪不起，一定要段祺瑞打消此意。段祺瑞原本就怕学生趁机闹事，又知人们都恨他，担心自己会遭不测。正是顾虑深重间，听此一求，便立即食言。

公祭当日，段祺瑞执政府通知治丧处，说段祺瑞因脚肿，不能亲来致祭。李烈钧接到这个通知，当即向人们公布段祺瑞爽约失信的行为。李烈钧说："诸君今日热心前来祭奠孙中山先生，如此踊跃，一半是钦敬孙先生，一半是欲瞻仰孙先生的遗体。但是，孙先生遗体容易见，段执政的'风采'却不易见。"又说："因为孙先生反对帝国主义侵略，反对封建军阀丧权辱国，所以封建军阀和帝国主义一样，恨孙先生，怕孙先生，活着怕他，死了还是怕他。"说完还大喊口号："死总理吓死了活执政！"前去吊唁的人们顿时大哗。

有趣的是，因为原定段祺瑞亲临致祭，所以李烈钧预先撰写了答词，对段祺瑞颇多颂扬和感谢之语。结果段祺瑞没敢来，李烈钧便怀着一种恶作剧心理，托人把这份答词带给了段祺瑞。传说段祺瑞看过答词，跌脚大悔，觉得自己错失了一个可大大美化自己形象的机会。在知此事前，我看李烈钧的资料，总觉得李烈钧严肃有余，读到这段传说，却忍不住失笑出声，始知李烈钧自有他的幽默。

四

官场上的事，分分合合，合合分分。你过来闹一把，我过去闹一把。李烈钧虽然能文善武，却不是一个政治投机商。1928 年后，他便只有虚名而无实职了。虽然蒋介石一些会议也请他来参加，虽然他仍然作为一个重要人物被尊重，却已然没有了分量。一个人不管你过去有多么辉煌的历史，有多么伟大的功劳，有过多么深厚的资历，可你一旦实权脱手，实际上也就没有了说话的地位。政治就是这么残酷。像李烈钧这样老牌子国民党要人，都被这残酷的政治历练过。

曾经一度，李烈钧离开政治中心南京，跑到上海养病。接着，又跑回武宁，去为他的老家人民修公路。

三十年代后的李烈钧身体状况一直不太好。可身为军界政界要员的他，已经习惯对时局倍加关注。“九一八”事变使得民族危机变得严重起来。李烈钧虽然在日本留过学，却一直是坚定的主战派。他一再致电蒋介石，希望对日抗战，希望改良政治、希望尊重言论自由，以便维系人心，一致御侮。但对于一个已无实权的李烈钧所说的话，蒋介石全然不予在意。

李烈钧是职业军人，有一种做比说更重要的观念。更何况他本来就是在“国家有难，匹夫有责”的教育中成长起来的。他几乎毫不犹豫地将他的五个男孩全都送去参了军。在战争年代，他何尝不知参军意味着什么！

震惊世界的“西安事变”给消极抗日的中国政府打了一剂强心针。但事变的主角张学良在蒋介石同意抗日后，释放且护送老蒋返回南京时，却在南京被扣留下来。这一回，老蒋又让李烈钧出山了。李烈钧被国民党军事委员会任命为高等军事法庭审判长。身为主战派的李烈钧主持这样的审判无疑也难。

据说他曾私下询问审判官之--的鹿钟麟这件事应该怎么办才好。鹿钟麟说：“问而不审是上策，审而不判是中策，问、审、判全承担是下策。我们应该力守上策，不得已就适当地兼取中策，下策则万万不可。”李烈钧点头称是。他的态度非常明了，应该宽大处理张学良，但他没料到的是，蒋介石会来这么一手：把张学良“留在身边管教”。

审讯中还发生过这样一件事，李烈钧问张学良为什么要做这件事时，张学良突然反问李烈钧：“民国二年，审判长曾在江西举兵申讨袁世凯，有无其事？”李烈钧说：“有。”张学良说：“申讨袁世凯是否为了打倒专横独断呢？”李烈钧说：“正是。”张学良说：“我在西安的所为，正是对中央的专政独裁，冀求有所谏正耳！”李烈钧一时无话，觉得张学良不该拿袁世凯和蒋介石比，心里十分不高兴，当庭便叱责了张学良，审判出现僵局。休庭后，李烈钧的态度变得严厉起来。后来张学良在鹿钟麟劝说下，方缓和了态度，使得审判得以顺利进行。而私下里，李烈钧却对张学良的强硬大加称赞，说："不愧为张作霖之子！"

五

夏都时代里的李烈钧，因中风之后，身体不好，没有担当要职，在官场上已然无足轻重，基本上成了个闲人。

作为江西本土人的李烈钧，庐山自然是他倍觉亲切的一个地方。更兼他的家乡武宁距这里又很近，相信他很早很早就来过庐山，而在庐山这个有如自己家乡的地方置上自己的房产也必然是一个很大的心愿。1911 年时，他便在牧马场购地修建过别墅。但这别墅后来怎么样了，却再也没有听到过说法。历史对此不了了之，我也只有不了了之。

1930 年，他买下了庐山大林沟 8 号地。这个地方原来的名字还叫作野猪垱。推测早年定是野猪出没之地，最初定居在此地的人想必见过许多野猪。早期的地名基本上都是见着什么叫什么，这个地名当不例外。1930 年李烈钧在此盖建了他的别墅。李烈钧虽是武人，

◎李烈钧的另一幢别墅

却也雅得。写字作诗，都是好手。他给自己的别墅起名为“崇雅楼”。《庐山志》上特地谈到李烈钧别墅“崇雅”二字的由来。那是李烈钧别墅“内藏昌化大石一方，系浙派大家丁龙泓为杭大宗刊‘崇雅楼印’，李氏得之，即以崇雅名其楼”。“崇雅”二字虽由一方石头而来，但确也代表着李烈钧的一种心境和趣味，也算得上意味深长。

崇雅楼在当时山上的别墅中，算得上是豪华型的。《庐山志》上亦特别说明李烈钧的别墅“楼阁巍峨，为各宅冠”。其实，他的别墅只不过是两层楼而已，外观造型也还朴素。只是相对于大林沟附近其他茅屋显得出类拔萃罢了。无论如何，也比不上蒋介石的12号别墅的漂亮，亦比不上江西省主席熊式辉别墅的豪华，更比不上既有权又有钱的吴鼎昌的“吴楼”气派。

相反，李烈钧的崇雅楼，看上去倒觉得设计得十分随意。一楼以不规则的糙面石块砌成，而二楼则用规则的光滑面的石块砌成，不知是为了强化它的稳重感还是强调变化，反正我并不觉得这样用料有什么特别的妙处。整幢别墅除去它的门额和门厅的两面窗是拱券式的，其他却都是方窗。西洋别墅的味道并不浓郁，倒更具中国自己楼房的特色。尤其庭院里的六角亭，仿佛是要强化主人的中国味道。

李烈钧这人也颇是有趣，他在崇雅楼里吊了一口铜钟，每每吃饭就寝便打钟，给人感觉倒仿佛是在庙里。或许是因为他过惯了军旅生涯，没有金属的响声提醒吃饭睡觉，便无法生活似的。但不知他的家人是否习惯这个。住在李烈钧周围的人，便都说他家是“钟鸣鼎食之家”。

“崇雅楼”现在的地址是大林沟1216号。如果问路，可直问庐山云雾试验站。在那里，我们可以在一片杂乱的环境中，看到正在渐渐老去的崇雅楼。崇雅楼里，住着一些当地居民，我去的那天，庭院里虽然不算太脏，但也颇为凌乱。相对于一些完全不知名的颓败的别墅来说，它目前的状况也就算说得过去了。

1946 年，李烈钧 64 岁了。在这年 2 月一个寒冷的日子里，李烈钧终因高血压心肌梗死病在重庆逝世。国民政府下令给予国葬。他的灵柩运送回武宁县，被安葬在箬溪镇修江边上的看书台旁。大半辈子驰骋沙场的讨袁将军李烈钧总算歇下来，过一过书生的生涯了。

李烈钧前后曾经有过三个夫人，总共生下了十一个孩子，真正是一个人丁兴旺的大家族。他的第三个太太华世绮是无锡名门之后。她是一位知识女性，甚至懂得拉丁文，极有风采。 11 个孩子中有 9 个是她亲生的。李夫人 1976 年逝世。1980 年 11 月，她与丈夫李烈钧合葬在了武宁县烈士陵园左侧半山腰。他们分别了 30 年，终于又住在了一起。

39A 号

平民生，平民活。
不讲美，不要阔。
只求为民，只求为国。
奋斗不懈，守诚守拙。

——冯玉祥《我》

BAGGAGE COOLIES NEAR THE GAP.

－上山的路－

大约在 1928 年 2 月一个寒冷的日子里，两个重要的人物在一间会议室里举行了一个特别的仪式：拜把兄弟。他们将事先亲笔写好的“兰谱”进行了交换。一张上写着：“结盟真意，是为主义，碎尸万段，在所不计。”另一张上写着：“安危共仗，甘苦共尝，海枯石烂，死生不渝。”然后，两人跪倒在孙中山像前，对着他们俩曾经共同敬仰过的人，恭恭敬敬地叩了四个头。叩完，两人又彼此相对，向对方叩了四个头。这个“八拜之交”的大礼，整个过程都十分庄重和严肃。爬起来，拍拍膝上的尘土，他们便开始称兄道弟了。

这两个人，一个是冯玉祥，一个是蒋介石。冯玉祥长蒋介石 5 岁，所以做了大哥。

这样的场面，叫我们这些后来人看着，常常会忍俊不禁。怎么看，都像是一件好玩的事情。蒋介石是一个特别喜欢跟人拜把子的人，他似乎觉得只有靠了这种仪式，才能保证彼此双方得以忠心耿耿。但实际上，跟蒋介石拜过把子的人，一大半都跟他闹翻了。一个人如果坐上了至高的位置，想要再跟自己当年的把兄弟继续玩下去，也不是件容易做到的事情。

冯玉祥本是安徽巢县人，但他却生于河北的青县并在那里长大，所以他的基本生活习惯都是北方式的。北方人一般说来比南方人粗犷豪放，说话办事总有一股子侠肝义胆的劲头。自古燕赵多壮士，生长于河北的冯玉祥显然也有些这种派头。

冯玉祥出生于 1882 年，遇难于 1948 年，这恰恰是中国历史上最混乱最让人搅和不清的年代。纵然说

◎在庐山时的冯玉祥

乱世出英雄，冯玉祥因为如此乱世而逞雄一时，但他逞雄的目的却是为了追求一个民主的时代、一个和平的时代、一个有着平静和安宁生活的时代。然而，他平生所追求的一切自己却没能享受得到，这真是一件好大的憾事。

冯玉祥是个贫苦人家出身的孩子。他身材魁梧，天性纯朴，没有怎么上学，早早地从了武。清末时先做淮军,后又投奔了北洋军。他勤奋而刻苦,英勇无畏，十分艰难地从下级军官一步一步地做了出来。这是一条很辛苦的道路。

传说中的冯玉祥一直保持着北方农民的生活习惯，土得掉渣。他的许多方式，换另一个人去采用，谁都会觉得是做戏，但冯玉祥用了，人们便都抱一种欣赏的态度，觉得他很真诚很朴质很有趣。要知道，这也是一种个人魅力。

比方关于冯玉祥好学的传说。说冯玉祥当旅长时，驻军湘北常德。他特别爱学习，于是规定自己每日早晨读英语两小时。为防人前来打扰，每当学习时，他便关上大门，在门外悬一块牌子，上面写“冯玉祥死了”，拒绝外人进入。学习完毕，再将门上字牌翻过来换成“冯玉祥活了”。这样的事，想想都觉得好笑，除了冯玉祥，谁又会这样做呢？

比方关于冯玉祥告状的传说。说冯玉祥在河南当督军期间，吴佩孚亦在河南。吴冯二人不和，吴处处想要压制冯。有一天，冯玉祥从河南到保定去见曹锟，曹锟派人用他自坐的双头马车前去车站迎接。接站的人为讨好冯玉祥，特地告诉冯，这是曹大帅自己坐的马车。冯玉祥听罢坚决不肯坐车，并说："大帅坐的车，我不敢坐。"然后徒步走到曹锟的驻地。一见曹锟，他便跪在地上号啕大哭，哭得曹锟心生怜悯，忙说："咱们都是自己人，有什么话你跟我说，何必这么悲伤？"冯玉祥说："玉祥是个没娘的孩子，今天见到娘，我怎能不哭？"曹锟多少有些感动，便问他有什么困难。于是冯玉祥便将吴佩孚的种种不是告了一状。曹锟说："你的事我负责任。"然后便将冯玉祥调到北京，任为陆军检阅使。这样的告状方式，这样的告状话语，是没几个人做得出来和说得出来的。

比方关于冯玉祥演讲的传说。说是"九一八"以后，蒋介石与汪精卫和胡汉民的矛盾日渐白热化，终于导致被迫下野。国民党召开了四届一中全会，会议闭幕时，冯玉祥去了。他穿一身青布短棉袄走进会场，在满场西装革履的人群中，他的行头十分打眼，一下子就引起全场人的关注。冯玉祥上台发表演说。他说："只有自己到总理陵前痛哭流涕，责骂自己对不起国家，

◎冯玉祥题字

痛自忏悔。党中先进同志，汪先生学识宏富，胡先生是总理信徒，玉祥自己是混账。蒋先生有其长处，有其短处，在郑州与我同结金兰时，有海枯石烂、此志不渝一说，结果竟自己打起来了，致成今日之局。盼同志用手用嘴将此三人拉在一起，到总理陵前认罪忏悔。”他说得如此坦率，立即给会议带去另一种气氛，也给在场许多人带去对冯玉祥的好感。这样的自骂自责的表达和有如农民一样纯朴的外表，除了冯玉祥，谁又能这样？

比方关于冯玉祥送礼的传说。说的是有一年，当时的南京市市长刘纪文举行隆重的结婚大典，宾客云集，礼物成山。身为将军的冯玉祥并未到场祝贺，只是派人送去木盒一只，外面包有红布。刘纪文不知是何礼物，忍不住打开一看，不料里面装的竟是南京市民的诉冤状纸一叠，弄得市长大人哭笑不得。

比方关于冯玉祥写对联的传说。说的是南京国民党党部举行落成典礼，冯玉祥这次到场了。他一进门便有人请他题写对联，他手起笔落，上联是：“三点钟开会，五点钟到齐，是否革命精神”；下联是：“一桌子水果，半桌子点心，全是民脂民膏”。可怜那位请他写对联的老兄，捧着这副对子挂也不是，撕也不是，不知如何是好。

再比方冯玉祥教训下级的传说。抗战时，冯玉祥住在重庆市郊的歌乐山，当地多为高级军政长官的住宅。按惯例，居民区需要有人当保长，可这个地方普通老百姓哪里敢伸这个头？于是冯玉祥毛遂自荐地当了保长。虽然他的官已经做到了副委员长，可这个芝麻官，他竟也做得十分认真负责，深得居民们的好评。有一天，某部队一连士兵进驻该地，连长来找保长办官差：借用民房以及借桌椅什么的。不知何故，连长十分不满意，于是大加指责。冯玉祥当时着一身蓝粗布裤褂，头上缠一块白布，典型的川东农民的装束。他见连长发火，便弯腰深深一鞠躬，说：“大人，辛苦了！

这个地方住了许多当官的，差事实在不好办，临时驻防，将就一点就是了。”连长一听，大怒道：“要你来教训我！你这个保长架子可不小！”冯玉祥微笑回答：“不敢，我从前也当过兵，从来不愿打扰老百姓。”连长问：“你还干过什么？”“排长、连长也干过，营长、团长也干过。”那位连长起立，略显客气地说：“你还干过什么？”冯不慌不忙，仍然微笑说：“师长、军长也干过，还干过几天总司令。”连长细细打量了一下这个大块头，突然如梦初醒，双脚一并：“你是冯副委员长？部下该死，请副委员长处分！”冯玉祥再一鞠躬：“大人请坐！在军委会我是副委员长，在这里我是保长，理应侍候大人。”几句话说得这位连长诚惶诚恐，无地自容，匆忙退出，估计这一夜他都吓得睡不着觉。其实最后冯玉祥也没将他怎么样。

在上海，曾经有过这样一张漫画。画的是蒋介石、冯玉祥、张学良和阎锡山四个人。蒋介石是一手拿枪一手抓钱；冯玉祥是一手握大刀，一手捏着窝窝头；张学良是一手扯着女人，一手端着大烟枪；阎锡山则是一手拿着算盘一手在打算盘。这画真是有意思得很。而四人中的冯玉祥，更像一个从乡村走出的农民起义者。

对于冯玉祥，无论是民间传说或是知情人回忆，都可看到，他是一个十分有个性和特点的人。他的故事，许多都令人乐不可支。他的那种憨厚或是一种大智若愚，他的那种淳朴或是一种农民本色，他的那种率真或是一种粗糙鲁莽。他被许多人谈笑，亦被许多人钦佩。但是有一点最为可贵：在大是大非面前，冯玉祥总能做出自己明智的选择。他我行我素，不被朋友左右，甚至也不被上司左右。我在读有关冯玉祥的书时，常常会有这样的念头冒出心中。我觉得他是一个跟着感觉走的人。虽是行伍出身，可他天性朴质善良，总觉得自己要跟老百姓站在一起，为老百姓说话办事。这种深植于心中的观念，使得他直觉中天然有一种代表良知的内容。为此在诸多大事上，他常常表现得不那么市侩气十足。可他毕竟在沙场驰骋了许多年，军界为官了许多年，政坛争斗了许多年，他的一生，绝非几句话或几个词可以涵盖得了。他当然有他自己的一套为人行事方式。

就是这样的一个冯玉祥，在夏都的时代，也在庐山上购买下了别墅，这是一股潮流。冯玉祥虽然带着浓郁的北方农民的生活习惯，可他未必就该被潮流落下。更何况，那时的冯玉祥，已经在蒋介石答应抗日的条件下，出任了国民党军事委员会副委员长之职。在此之前，他因力主抗日，被他的把兄弟蒋介石所排挤，从而被迫辞职，隐居在泰山，直到1935年重新上台。

庐山的别墅便是在他当副委员长之职期间购买的。

别墅坐落在东谷，位于河西路和松树路之间。农民出身、行武为生的冯玉祥没有为别墅取一个雅名，或许他根本就没有想过别墅还需要有个雅号，我问过许多人，他们都没有听说过冯玉祥的别墅雅号是什么。于是我们现在便只能称它为39A号，这是它原先的号码。

39A号，原本是英国人坎贝尔的房子。但坎贝尔是个什么样的人我却无处查寻。只知道他来自上海，于1914年在此地建造了一幢石构别墅，建筑面积有489平方米。这幢别墅依坡而建，前面为两层，后面为一层。

1929年，九江人黄文植买下了它。黄文植在九江城里开钱庄，当然是一个有钱的主。1936年冯玉祥上了庐山。他先住在河南路的一幢别墅里。大约庐山的湖光山色强烈地吸引了冯玉祥，他遍游庐山并在庐山留下他的笔迹后，便决定索性在此买下一幢别墅。在山上居住了好几年的老蒋，虽然并未真正地把冯玉祥当作他的拜把子大哥，却也十分赞同冯玉祥买幢别墅常居山上。这件事，老蒋亲自牵线，联系了九江的黄文植。面对如此高官前来购买自己的房子，黄文植甚至表示可以不要钱，他愿意奉送。但冯玉祥却一定要付钱，说是如果你不要钱我把盖的房子送给你。如果你收了钱，这房子就归我了。如此这般，黄文植不要钱也不行，最后冯玉祥用了两千块钱买下了这幢别墅。别墅以石为墙，显得庄严厚重，这种质朴无华的美学取向，深合冯玉祥所好。

这幢别墅现在的地址是河西路 441 号。

但是，冯玉祥用这别墅的时间实在是太短了。几乎只住了两年，日本人便打到了庐山脚下。冯玉祥只好同他的把兄弟蒋介石一样，逃到了被称为大后方的重庆。

只是，在重庆，他也没有机会施展自己的本事：与日本人作战。他很快又被排挤，以致再次离职。这一次，他对蒋介石有了更加清醒的认识，也对中国时局有了清醒的认识。1946 年以考察水利为名义，去了美国。在美国，他发表演说，坚决反对蒋介石发动内战，同时，他亦坚决反对美国人支持蒋介石的内战。他和蒋介石这个把兄弟，走到如此田地，也算是彻底地决裂。

20 世纪 40 年代后期，美国政府曾经派出魏德迈将军为首的代表团来到中国调查“美援”的情况，结果发现国民党政府腐败无能，贪污成风。魏德迈将军有一个著名的讲话，其中，他说道：“在中国的官吏中，除了冯玉祥以外，没有不贪污的。”

廉洁的冯玉祥却在他人生的一个转折关头，惨遭不幸。1948 年 7 月，中华人民共和国成立前夕，冯玉祥应邀参加中国人民政治协商会议的筹备工作。这时，生活在美国的他，日子过得也不是太好。对于祖国的召唤，冯玉祥几乎是立即应声。他带着妻子儿女冲破层层阻挠，搭乘上了苏联“胜利号”轮船离开了纽约。船辗转航行了大半个月后，到达黑海。在黑海上，轮船上因倒放电影拷贝引起失火。冯玉祥因一氧化碳窒息而死，与他同时遇难的还有他的六女儿。这是 8 月里的一个日子。11 月，他的夫人抱着他的骨灰回到祖国。这样一个小小的原因，引发一个大大的事故，使一代伟将军长辞而去，真正是令人意想不到。

传说中的冯玉祥仿佛是一介武夫，一个粗人，但实际上的冯玉祥喜欢读书、写诗。他在游山逛水中尤喜欢四下题诗题字。我们在许多的风景区都能看到他的墨迹。在庐山，他曾手书墨子的文章，请人刻在玉渊瀑布东边的石壁上。

从文学的角度看，冯玉祥许多的诗都很直白，只是一种想法的表达，而书法亦显然不是行家里手，只是一个练习者而已。但那又有什么关系？他想了他说了他写了，对他来说，就足够了。而对于今天的我们，通过他的字他的诗了解他本人以及他那一代人的心路，也真还有些意义。冯玉祥曾经写过一首名为《我》的诗。诗云：平民生，平民活。不讲美，不要阔。只求为民，只求为国。奋斗不懈，守诚守拙。这是我读到的冯玉祥写得最好的一首诗。这首诗后来就镌刻在他墓园的一座石碑上。

这个墓园在泰山脚下。

而他在庐山上的别墅人们却几乎忘却。

熊家豪宅

漫因地僻疏时事，郊垒犹闻鼓角声。

——熊式辉《癸酉夏集万松林得门字》

VIEW FROM SUNSET RIDGE.

– 当年场景 –

其实在庐山上，气派最大、最显得身份尊贵的别墅并非宋美龄的美庐。这幢在我眼里最摆阔的别墅其实距美庐不算太远。想来蒋介石还有些雅量，至少允许一幢比他的别墅还要高大宏伟还要引人注目的房子待在他的眼皮底下。不过，这别墅虽然是高大于美庐，却没有美庐的典雅和幽静，更没有美庐那种令人一唱三叹的韵味。相对于美庐，它处处摆就的派头，就仿佛一个刚发财的人，扬眉吐气立在青山绿荫之下。

这幢房子的主人叫熊式辉，他住在这里时的身份是江西省主席。比起老蒋，他的官当然不算大，可比起很多人，他的官也就不小了。更何况庐山在江西辖内，他是地方官的老大，得以住如此豪宅，也是一桩顺理成章的事。

不是江西本土的人，或是不知国民党历史的人，其实许多人都不知道熊式辉。和汪精卫陈诚他们比，他当然是没有什么名气的。所以，我寻找他的资料竟是令我自己意想不到的艰难。至少在网上，这三个字被提到的次数甚至比李德立都要少，这多少给人怪怪的感觉。因为我觉得，熟悉他的人至少比李德立应该多一些才是。

1893 年，在江西安义县万家埠一个叫鸭嘴垅的村子里，熊式辉出生了。他的父亲叫熊仰之。我原先看到这个名字时，总以为是一个大学者或是著名乡绅什么的。这回细看资料，才知道熊仰之只是清政府江西巡抚衙门的收发人员。所以，熊式辉的出身是十分寒微的。

仿佛越是寒微人家的子弟，越知道读书于自己的意义。7 岁进入私塾读书的熊式辉聪明过人，书读得极好，尤其书法，稍下功夫，便练就一手柳公权兼颜鲁公的字体。10 岁的时候，收发员熊仰之望子成龙，将他带到省城南昌求学，从小学到中学，熊式辉都是在南昌度过的。相对于鸭嘴垅这个小村庄，省城自是一个开放的富有新潮意识的地方，像许多学子一样，熊式辉接收了新的知识，他主张维新，崇拜康有为和梁启超，与同学们一起讨论国家大事也是慷慨激昂。在这种激情之下，弃文从武，几乎是当时热血青年的一股潮流。熊式辉先进了设在江西的陆军小学，毕业后又升入南京的陆军中学。在这里，他又以优异成绩被保送到军官学校。他的军旅之路看来走得颇是顺畅。1916 年，熊式辉的江西老乡李烈钧在云南与蔡锷等人一起再一次打响了讨伐袁世凯的战役。受李将军之召，熊式辉来到了昆明。但是这次讨袁的大军北上走到一半，袁世凯便一命呜呼，讨袁之战也就只能结束，多少给人一些不过瘾的感觉。熊式辉并没有在这场讨袁大战中出类拔萃。

1921 年，广东军政府要保送三名青年军官到日本陆军大学深造。已是保定军官学校肄业生的熊式辉被选中。他东渡日本，求学三年，1924 年学成回国，仕途之路便从此开始。

熊式辉是与冯玉祥决然不同的一种军人。你可以说他是一个富有心计的人，也可以说他是一个细心过

◎二楼看得见风景的露台

人的人；你可以说他是一个绝对服从上司的人，也可以说他是一个把马屁拍到家了的人。我猜测与他相处的人，尤其是他的上司，定会觉得有他待在身边是十分舒服的。

有一件事很有趣。1931 年他被蒋介石任命为江西省主席兼南昌行营办公厅主任。正在上海的熊式辉得到命令后，即乘飞机前往南昌，不料飞机中途失事，熊式辉从空中摔了下来，又不料他这个人命大福大，在他接近地面的时候突然被树枝挂住，经过这一缓冲再摔下来时，他只摔坏了踝骨。尽管熊式辉从此有点跛脚，被人称为“熊拐子”，可是在一场飞机失事中，只有这么一点伤痛，真不能不说是万幸。

跛了脚的熊式辉回到家乡江西，真有一番为家乡的父老乡亲们做大贡献的决心。他上任演说时说：“今日之江西，危机四伏，决定不是空洞的学问和道德所能救得起来的。”于是他采取了一系列的措施试图振兴江西，包括请专家主事，选用人才等。他的所作所为，对江西人民有没有大用，大约只有江西人自己才知道。只是，他在主政江西时的另一些做法，突然就让我觉得十分眼熟起来。他曾作诗一首，诗曰：“能行不问易和难，两手凭人做出看，持危自有回天力，三字心得汗血拼。”大概诗中有方言，读起来令人觉得别别扭扭的，但所有的公务员都得将他的这首诗当作座右铭。他还写了一首歌词，词意与他的诗意大同小异，他请来音乐家谱上曲，通令全省教唱。他将南昌的德胜路改名为中正路，将修建好的赣江大桥命名为“中正大桥”，他办了一所大学取名“中正大学”，建了一间礼堂为“中正堂”，开了一家医学院为“中正医学院”。——写到这里，我突然就觉得行伍出身的熊式辉仿佛比一些政客还要政客。难怪蒋介石在很长一段时间里，都对熊式辉特别青睐——至少，他的马屁拍得令老蒋特别惬意。

熊式辉善拍老蒋的马屁，在江西是颇有名气的。

因此，江西人把他称为江西的“头号茶房”，意即第一号专为老蒋烧茶端水的服务员，得到这个名号可真没什么面子。

有一次，熊式辉到百花洲晋见老蒋，这是蒋介石来南昌最喜欢住的地方。在这里可以尽兴观赏东湖的风光。他与老蒋闲聊并在走廊上散步，突然他发现老蒋在散步时，时用手帕掩鼻。聪明的熊式辉当时未动声色，但他已然意识到是湖水散发的臭气影响着老蒋的感觉。于是，他回到政府，立马找来建设厅长，约了他一起到百花洲四下里巡视，面对面地要求建设厅长马上整治湖水，重修湖岸，清除臭气。在这种情景下，建设厅长哪能不迅疾地办理？很快，南昌东湖便调整了流水管道，用红色的石头筑砌了全部堤岸，沿岸植以绿树环绕。洁净而明丽的岸上风光与清亮而宁静的东湖水波互为映照，形成一体。景色令所有来人眼睛一亮。当老蒋再来南昌时，依然住在百花洲，发现眼前景色大变，而臭气全无，真是快意无限，一道命令传下，给予嘉奖。马屁拍到这种地步，也算是到家了。

只是民间对下级拍上级马屁从来都是毫不留情的。南昌有人给熊式辉写了一个对子，上联为“半世姻缘兼两顾”，两顾是指顾毓筠和顾竹筠两姐妹。熊式辉原配夫人是顾毓筠，她去世后，熊式辉又娶了她的妹妹顾竹筠。顾竹筠是留日学生，一说她曾拜宋美龄为干娘，另一说她和宋美龄曾拜为干姐妹。从年龄上看，后者似乎更确。下联为“一生事业在三湖”。三湖指的是南昌的东湖、南湖和北湖。民间认为熊式辉之所以讨得蒋介石的喜欢，是他整治了这三个湖的缘故。阅读熊式辉的资料，有时候觉得熊式辉这个人的一些做法颇有点搞笑。或许他是认真的，可让我们这些旁人看了总有点忍俊不禁。

有一回，时为国民政府主席的林森要到南昌来视察。熊式辉闻讯后，派了一批官员到九江迎接，他特别指示一个亲信，注意林森穿什么衣服，然后立即汇报。林森一到九江码头，亲信便用加急特快长途电话打到熊式辉那里，说是林主席穿着蓝色长袍，黑色马褂。熊式辉立即下令，南昌市所有县、团以上的军政人员，一律身穿蓝色长袍和黑色马褂前去车站迎接林主席。林森抵达南昌，从火车上下来，发现站台上以及马路边所有迎接他的文武百官，一身穿戴，与他完全一样，惊异之后，于是大为开心。想想那时的场面和林森惊异的样子，实在是觉得有趣至极。

熊式辉对人才总是格外关注。有一次，他主办招聘县长的考试。口试由他本人亲自主持。他出题颇有名士派头，往往稀奇古怪，令应聘者摸不着头脑。但也有厉害的角色。口试时，熊式辉坐在楼上，有一个考生，应召而登楼。熊式辉见面即发问："你刚才上楼来，一共踏了几步楼梯？"这样的题目叫人如何作答？考生听得目瞪口呆，但立即镇定了下来，反问道："斗胆请问熊主席，你是孙总理的'忠实信徒'，熟读《总理遗嘱》，你可知道《总理遗嘱》一共有多少个字？"这真是个高手，一下子便将熊式辉问倒。熊式辉倒也不气，反倒哈哈大笑，高兴道："你的口试及格了，可以录用为县长。"

江西人熊式辉在江西庐山这么一个美丽清凉的地方，自然是要有别墅的。1932 年的 3 月，也就是熊式辉在江西走马上任的三个月后，他买下了位于东谷的 117 号别墅。这原是美国"北长老会"传教士威廉·约翰·伊莱亚斯的房子。威廉斯的中国名字叫文怀恩。当年到中国来的传教士都喜欢取一个中国名字，一时成风。有些名字取得土得不得了，而文怀恩这个名字，我觉得还真有些味道，想来这个美国人对中国的文化多少吃得透一点。文怀恩是个有财力的人。因为他除了买下这块地皮并建得这么一幢气势宏伟的别墅外，他还买下了 159 号地并在上面修得别墅一幢。据说，他的背景是美国一些颇有实力的财团。1899 年，文怀恩在南京主持南京益智书院，这个书院的支持者们，正是美国的那些财团。

文怀恩1899年来到中国，1902年买下这块面积为4878平方米的山地。他利用这块地盖了这幢足以从气势上盖倒庐山众多别墅的石构豪宅。它矗立山坡，依山而建，三面低缓，易给人拔地而耸起、居高而临下的感觉。它的面前植有参天大树，密集的树叶，使得大门之外的人们仰视这幢别墅时总觉得影影绰绰。

这是一座体量很大的别墅，但相对它的庭院，它却也只占了十分之一的地盘。从大门到别墅的阶梯小路，不是直通通地上去，而是稍稍有一些弯曲，弯曲的线条有一种雅致的柔和，阶路两边是流水的小沟。以我的眼光来看，这是整个别墅区最为典雅而有情趣的地方。庭院是很大很大的，里面尽可能地装点着花草树林，用的不是天然的形式，而是园林式的风格。豪华的房子便隐在树木和花草之中，于是多少也沾上了一些隐遁之风。其实，这房子给人的感觉绝不是隐逸之意，它给人更多的感觉却是主人是何等的乐于享受生活。在庭前高大的树下，深挖了一个小小的游泳池，这泳池小得让人觉得更像一个只供家人享用的澡盆。但它存在于庭院的树下，存在于自然之中，就给

◎幽静的院内小路

享用者有了不同的感觉。

文怀恩这个人看来十分会享受生活。二楼朝南一面，敞开着的阳台，格外令人赏心悦目。坐在这样的阳台上，捧一本书，抚一把琴，抑或同二三好友，下棋以及谈天，其快乐真是无以言说。夜阑人静之时，街灯的光亮穿过层层树叶弯曲而来，借着淡淡的灯光和如水的月色，看着对面已成一片暗色的猴子岭，看着坡下灯火如星的长冲河谷，内心深处的情感便在这美丽的夜色中升了起来。你本是愉快着的，你就更加愉快；你本是忧伤着的，你就更加忧伤。

1908 年，司徒雷登在南京学习南京方言，这年夏天他从南京来到庐山，就住在文怀恩这幢豪华的别墅里。以后他再来时，已成为新上任的美国驻中国大使，庐山在他的眼里多了许多亲切。

1927 年是中国历史上一个动乱迭起、斗争尖锐的年头。这年的初春，英、美、日、法、意的军舰炮轰南京，炸死南京百姓数千人。赛珍珠曾经在她的书中写到这一段过程，因为她们在纷乱的逃奔中，差点被自己的炮弹炸死。文怀恩倒没有死在自己的炮弹下，他是被愤怒的中国人打死的。战乱之中，你杀我，我杀你，最后死的都是些不相干的人。这真是没办法，说起来也是宿命。文怀恩来中国时 28 岁，在中国待了二十多年，死时约 56 岁，也是运气不好。

一年以后的 1928 年，美国“北长老会”将此房产以文怀恩妻子的名义重新在庐山大英执事会注册。

1932 年 3 月 28 日，熊式辉在走马上任江西省主席后，在庐山购下了这座豪宅。两年前，在南京，他也在“总理陵园新村”购买了两块地皮修建私宅。在太乙村，他也有一幢名为“熊宅”的别墅。唉，一个人当了官，就可以这样富有，难怪人们都削尖脑袋往官场里钻。实在是它给人的好处太多太多。熊式辉为什么这么有钱？民间传说是他在上海当淞沪警备司令时走私鸦片大赚了一把。对此，朝野中也曾经舆论沸沸扬扬，传到蒋介石那里，老蒋根本不信，反而大骂了一通舆论。熊式辉是老蒋的人，老蒋才懒得管他哩。他跟着自己能赚到钱，就会更加忠心于他，这还不是一个简单的道理？说起来，不管熊式辉买房子的钱是否走私鸦片所得，但他身居要职，还能兼而赚大钱，想必这钱多少都赚得有些不明不白。

买下豪宅的熊式辉的欢愉之情，是不言而喻的。这年夏天，他便在他气派非凡的客厅里大摆宴席，山上达官贵人，名流雅流，悉数请到。因了这幢别墅，这一年，熊式辉在山上出尽了风头。文怀恩没有享受完的生活，熊式辉接过去享受了。

熊式辉搬进别墅没多久，有一天，突然发现别墅内的墙上有异物。这玩意儿着实吓了他们一跳。初始以为是猛兽的眼睛，又觉得仿佛是蛇一类动物的鳞甲。盯了许久，可那玩意儿偏又寂然不动，只发出亮光。顺光而至，看到的只是一节如树根一样的东西，长五尺左右，宽六寸。着人拿进密室，那东西红光艳艳的，竟不知为何物。熊式辉夫妇忙不迭地请了老蒋两口子前来一观。老蒋他们也识不得那究竟是什么东西。同去的江西省建设厅长龚学遂经考证认为：那是一种变态了的植物细菌。山上潮湿，不管什么在那里都呈一派疯长的姿态。说起来，这样一类的异物也够吓人的。

庭院的后门，有一幢低矮的佣人房间。战争期间，熊式辉在这个房间的对面修了一个防空洞。防空洞的顶部是 20 厘米厚的钢筋水泥板，在它的上面又加上厚厚的土层，厚土上种着树与花草。尽管费了老大的事，但似乎日本人的炸弹没有炸到这里。因为他们不必轰炸，就径直上山来了。

抗战期间，熊式辉并未跟着蒋介石一起去重庆。他一直待在江西，或是抗日，或是逃亡，直到 1941 年才调至重庆，来到蒋介石身边。老蒋派他做了中央设计局秘书长。这不知道是一个什么机构，我想大约不

◎后门的佣人房与防空洞

如独自当一个省的头儿来得自在。

抗战胜利后，熊式辉被调去东北主持接收。以后他便留在了那里，成为东北的最高行政长官。但是似乎他在东北干得不咋地，并且利用东北搞经济建设之机，大捞油水，被总参谋长陈诚闻知后，密派人马去东北暗中调查，并指责熊式辉的贪污腐化。不久，熊式辉便被撤职。老蒋见他后，把他臭骂了一顿，从此他便失宠。

1949 年后，熊式辉到了香港，因苦闷无聊，便行文人派头，与吴鼎昌等人筹办了一个叫“海角钟声”的诗社，他自任社长。每周一起聚餐，饮酒作诗，以打发寂寞的时光。这期间还发生过一起令熊式辉极其不愉快的事情。他的护照突然被疑有真假问题，因而被香港当局拘捕。幸而他多少有些来头，曾经是香港政府的贵宾，并且还获得过英皇授予的勋章，港府这才免予起诉。想当初他熊式辉是老蒋身边的红人，何等风光。到如今，竟险在这个小小香港失蹄，想想这事，便觉得窝囊。很快，熊式辉便离开香港去到泰国，在曼谷住了两年，又去到台湾。在台湾期间，与红得发紫的陈诚不睦，于是又到澳门，又到香港。居无定所

◎左图：院内有先进的排水系统
◎右图：院内的泳池

地一直奔波了许多年，直到最后还是留居在香港。然而，这个时间也不长，因为他老了，老了就要离开这个世界。1974 年 1 月，他在香港病故，这一年，他已经 81 岁。在漂泊的日子里，他曾经在诗社的最后一次诗会上作过一诗："云梦已吞宁芥蒂，华严初悟即菩提。"一派消极主义的大彻大悟。繁华已过，便是凄凉，人生大抵都逃不过这样的结局。

倒是熊式辉在庐山的别墅却并未像其他别墅一样，颓败得不成样子。它依然大模大样地立在长冲河谷一侧。蓝色的窗子在青山绿水中，十分夺目。庭院里花红草绿得也很是茂盛，从它的院墙边走过的人们，都不禁会仰望一下这幢别墅，悄然地议论几声，这别墅曾经有过怎样的主人。

这幢别墅现在的地址是中八路 359 号。如果你有兴趣的话，从美庐出来，向高处的房子张望，如果你眼里出现一幢蓝色窗框并且十分气派的石构别墅，那就是熊宅。

英雄末路

山中住，寂寞无行路。涧底流泉杂野花，砌下青苔与红树。

——曾晚归《山中辞》

SCENE ON KULING.

－去牯岭的路－

一

老庐山人有个说法，是为“庐山美景在山南”。

当地民谣说：“太乙太乙，神仙府地，冬暖夏凉，心旷神怡。”

民间流传：“得意之人去山上牯岭，失意之人藏山南太乙。”

我们在这里要说的太乙峰就在山南。因地质变化的缘故和溪水长年的切割，庐山山南与山势平缓的山北相比，到处可见兀立千仞的绝壁和飞流直下的瀑布。山南山高谷深、层峦叠翠，丛林四处。李白歌咏的庐山瀑布和三叠泉、被苏轼称为庐山胜景之最的青玉峡与三峡涧，都在山南。

太乙峰与它四周的柔和峰顶不一样，它是峻削而陡立的，很挺拔很尊严的一副样子。太乙峰下有老鹰崖，老鹰崖下有庐岳寺。从山下登上数百盘后，可以看见一个小亭子，这个亭子名为欢喜亭。欢喜亭是一个名叫遇明的行僧修建的。他在这里为山间行路人烧茶热汤，或者帮他们担运，却不收银钱。这真是一个让人欢喜的亭子。在欢喜亭远望，可以看到鄱阳湖水明镜一样闪着光亮，如果是黄昏时分，湖水退下，岸边的湖滩，细沙无边，在夕阳下有如黄金万顷。其景其色，令人长啸，令人惊叹，令人流连忘返。古人比今人更会把玩山河，更懂得自然至美与至乐，因而，他们中有人在这里的石壁上写下五个大字：庐山第一峰。这真是一个有品位的人。

◎三叠泉

与山顶的日渐喧嚣和日渐繁华相比，这里可真是清静得几无人声。得意的人都直奔山顶。牯岭上住的几乎都是豪门富户，高官显贵，以及金发洋人。他们来到山上，是为了躲避炎热，以便更自在地享受生活，享受人世。而这里，我们的太乙山下，却只吸引着一些存心避世，存心避俗，存心避人的失意者。他们带着一颗失落的心，一份离群的情怀，在此结庐隐居。太乙最早的居民，便是他们。

中国士大夫向来有此传统：一旦失意，便好隐居避世，独善其身。或闷头读书，或写诗吟词，或结交三两志同道合者，饮酒赏菊，煮泉品茗，啸傲江湖，把玩人生，再不就坐在石头上下棋，靠在竹树下小憩。他们依赖于宁静而清幽的自然环境，迫使自己忘却功名利禄的诱惑，迫使自己剔除烦恼而静心，也迫使自己不在乎别人如何生活而以期平衡。他们甚至在这种强迫自己适应隐居生活的过程中，形成别一种美学趣味和生活情调。从而使追求远离世俗繁杂的林下生活，仿佛成了人生的一种更高境界。

宁静幽深的、温暖适宜的、风光美丽的、充满禅意的太乙山，便为那些意欲走入这种境界的人，提供了最佳的场地。

于是，在庐山的山南就有了一个叫太乙的村落。纵然它后来也成为高官和巨富追求“隐趣”的地方，但它的始作俑者，却是一批地道的隐者。

二

细数起来，最早在太乙山一带修别墅的人当算清朝举人易实甫。易实甫是湖南人，本名叫易顺鼎，他曾经做过广西、云南和广东等地的巡道。民国以后，在京做官，做的却是卑官。因而心情一直抑郁，晚年甚至自号“哭庵”。像许多文人做官一样，官场上不得意，便猛劲写诗，到处旅游。易实甫的诗也多是跅弛不羁。我读过他的一些诗，有些诗确实写得好。有一首《栖贤涧石歌》中写栖贤涧的水与石，诗末四句为“道人两耳痴聋久，问是水鸣还石鸣。试抚孤琴动山响，方知水石两无声”。真写得禅意深浓。

栖贤寺在石人峰下，北距牯牛岭，南距星子县均二十里许，山南古刹也。今虽殿宇倾颓，前代规模具在，况建置虽有废兴，山川终古不改。

——《庐山志》

◎栖贤寺

光绪三年，易实甫在栖贤寺一侧修筑了一个草堂，称为匡山草堂。栖贤寺是山南古刹，距太乙村不到十里路。匡山草堂内藏有千卷以上的书籍。《庐山志》上说“草堂内游观之胜十有八，琴志楼其一也”。易实甫形容自己的琴志楼为“危亭若笠，中有一琴”。就此言想象画面，那意境是何等的空灵和清幽。琴志楼在庐山名气很大，大得以致后来的人都记不得有匡山草堂，而只记得琴志楼。

易实甫曾与陈三立等一起游历过庐山，他们是老朋友，游历中他们都为庐山写下了许多的诗。陈三立曾经在琴志楼留宿过，那一夜下着大雨。后来他自己在庐山有了松门别墅，有一天山上大雨，陈三立竟半夜醒来，想起当年在琴志楼听雨，感慨万千，于是写下《枕上醒暴雨》一诗。诗云：“海水从天怒倒流，

日照香炉生紫烟，
遥看瀑布挂前川。
飞流直下三千尺，
疑是银河落九天。

——李白《望庐山瀑布》

◎李白写过的飞流直下三千尺的瀑布

◎太乙石

夜号神鬼梦痕浮。依稀飞挟峡泉吼，雨满当年琴志楼。”

易实甫的匡庐草堂今已不在，栖贤寺侧只有废址供人一观。可是除去有心之文人，普通游客谁到那里去呢？

20年代初，时局混乱，战事频频，整个社会动荡不安。传说有十八个广东籍将军，或是兵败于沙场，或是失意于政坛，或是厌倦于尘世，他们决定退出江湖，隐居深山。他们听朋友说庐山空寂清幽，美景如画，便决意来此隐居。他们先后来到了栖贤寺一带，在这里修筑了万陶斋和寒泉亭。他们隐居的房子与易实甫的匡山草堂遥遥相对。他们此举与山北消夏避暑、享乐人生的达官贵人及洋人们不一样，他们是来逃避人世的。很自然，他们与失意的易实甫心息相通。他们

田垄间有新碑，我去看，乃是星子县的告示，署民国十五年，中说，按康南海(即康有为)先生函，述在此买田十亩，立界碑为记的事。康先生去年死了。他若不死，也许能在此建立一所浴室。他买的地横跨温泉的两岸。

——胡适《庐山游记》

结庐在人境，
而无车马喧。
问君何能尔？
心远地自偏。
采菊东篱下，
悠然见南山。
山气日夕佳，
飞鸟相与还。
此中有真意，
欲辨已忘言。

——陶渊明《饮酒二十首·其五》

◎昔日的碉堡，现已成风景

放弃了正日渐繁华的牯岭，而落脚在了山南。

十八个将军相约来此隐居，这真不是一件小事情。不知道他们是怎样下的这个决心，也不知道在当时这是不是一件轰动的事情。或许因为每日都有更重大的事情发生，比方领袖去世，比方总统易人，比方战争打响，如此之类，这些事情关系到国家民族的命运，因此，他们的这种个人退隐并没有拉动世人的目光。好在但凡有意退隐的人，多半心下索然，也无意让他人知道自己的去向，因而，他们结了伴，他们上了山，他们修下了自己的居所，他们就在山上住了下来。

栖贤寺是著名的古刹，它临近的三峡涧和观音桥也都是著名的风景点，相对于山外，这里颇是清静，可是相对于深山，这里却不一定是最清静的地方。很快这些个将军有了迁居之意。他们了解到太乙峰的景色比这里更好，并且更少行人游客，于是他们在实地考察之后，一举买下了太乙山下、庐山古道旁的一块坡势平缓的土地。

这一次，他们不想在匆匆忙忙间随意盖幢房子居住，而决定好好设计他们的隐居之地。于是，他们成立了一个以刘一公、曾晚归为首的“计划委员会”，整个别墅区由“计划委员会”总体设计，统一安排，具体实施。

他们很是从容地建造他们的家园，从1922年一直到1930年，前后历时八年，才最后竣工。这一片别墅区，因为在太乙山下的缘故，叫作了“太乙村”；又因为村中居民均是些将军，人们又叫它“将军村”。最后，还因为这些将军居此目的是为了隐居，于是又被叫作“隐庐”。

在没有去太乙村之前，我几乎是信了这些传说。但是在春天的一个下午，我来到了太乙村，看到了美丽如画的景致和精心布局过的村庄，看到了他们生活的场景和曾经有过的居民，我对这些传说实在不能不产生怀疑。他们真是一群失意的人吗？他们在这里真的是隐居而不是享受生活吗？他们真的就对这动荡不安的局势持观望之态？他们修筑这一规模颇大的村庄所耗费的钱财是不是他们从军时掠来的民脂民膏？

历史就如太乙峰下的云雾一样，被风吹刮而去。我们虽然记得山间曾经有过云雾，却无法看清云雾的形状和色彩。于是我们只能想象。

三

但无论如何，太乙就在我们的眼前。站在这里，我们不必去推测那些所谓失意者隐居的雄心。因为很可能我们错想了他们。更有可能，他们来此，只是为漫漫的人生长路设一个小小的旅站，只是在疲惫的生活间隙中得以享受一下自然，只是聚几个好友在美丽的季节里欢度一下时光。当然，他们或许选择的方式就是同那些淡泊的看破尘世的隐居者不同，他们的本意就是要豪华而享乐般地过一种隐居生活。不管怎么讲，他们的的确确是住在了这里，住在了远离喧哗之都市的山中。

在太乙村，他们修建了十八幢大小不一、风格各异的别墅，每栋相距 50 米左右，互不干扰。每一幢别墅都倚势借景，或利用岩石，或背靠山崖，或濒临小溪，或深藏竹林。一股山泉从山间蜿转流出，绕行于每一幢别墅，然后流走；起伏于树间的石级小径，如串珠一样，将十八幢别墅一线串联。十分有着“曲径通幽”以及“小桥流水”的中国之风。最有意思的是，为防不测，他们在四周的制高点上，都修有一个高高的碉堡，正经八百地雇有卫兵守卫。他们在太乙村的西北处，还开辟有一个“练武场”，除了让驻守的警卫人员在此训练外，“隐士”们也用来进行体育活动。练武场有一巨石，上面刻有当时的太乙村董事局局长叶慕旭将军的三个大字：练武场。正是这些碉堡和练武场，一下子把文人做派和军人做派区分开来。文人没有什么防范之心，他们是断断不会想到隐居生活还需要这些玩意。

整个别墅群按照中国人的习惯坐北朝南，虽是山中，阳光却是十分充足。向左依着九奇峰和清凉涧，向右傍着含鄱岭和白水槽。庐山最高峰汉阳峰和次高峰五老峰远相拱护，而明镜似的鄱阳湖则尽铺眼前。站在每一家别墅的阳台上，都可以看到广阔的鄱阳湖面和层叠的山峦。最令人感叹的是，这十八栋别墅依着每个主人的个性爱好而各具风格，屋后门前的花园和卵石小路一应以个人喜好设计。用现代的语言来说，这完全是一种“人性化的设计”。

说这里有如世外桃源，真不为过。

◎曾晚归的晚庵

四

现在我们就来看看这些隐居的人们吧。

太乙村一号别墅是最居高临下的一幢房子。它的雅号是“晚庵”。晚庵高耸在太乙村之上，屋后是密集的竹林，因为倚山之故，它的正面有着粗石垒起的墙基。褐色的岩石托着别墅，隐匿在山间林中，让人感觉尤为自在。别墅的主人是曾晚归。在这一群归隐的人们之中，曾晚归是一个相当重要的人物。最初在庐山隐居的动议似乎就是他提出来的。但不知何故，我没能找到曾晚归的生卒年代。只知道他是广东嘉应县人，原是粤军第八师师长。至于他上过什么学，打过什么仗，立过什么功，受过什么挫，为什么会失意，诸如此类，却因了我的孤陋寡闻和不善查找资料，始终没能了解得到。只知道1923年他倦怠军务，“解甲游庐山，葺宇太乙峰下，有终焉之意”。住到太乙村后，他并没有彻底隐居，最终还是出来做了官，出任了庐山管理局第二任局长，并且在任期间，政绩颇佳。其实大多隐居者的目的并不是为了隐居，而只是一个姿态。待失意的情绪调整过来以后，或是时局发生变化之后，他们终归是会出山的。真正一隐到底的人，我们能数出几个？

让人觉得最像隐者的人，应该是严重。严重是湖北麻城人，又叫严立三，别号劬园。曾经担任过黄埔军校教练部主任、国民党军事委员会军政厅厅长，陆军中将。为人清高，超世不群。他与邓演达是特别要好的朋友，因此而被蒋介石疑心。北伐战争结束后，严重对蒋介石深觉失望，便辞职而去。行前，曾是其学生的蒋介石某待卫密告严重，叫他不要北上，免遭猜忌，最好隐息修行，以避横生意外。严重顿悟自己身处险境。他只身游到杭州，募得一些资金，为北伐战争中牺牲的第二十一师的将士修了一座纪念碑，然后便来到了庐山的太乙村。从此，他改着僧服，每日读书习经，砍柴种菜，箪食瓢饮，杜绝一切社交往来，不问政事，一住便是十年。蒋介石在庐山期间，曾经两次前去看他，他都避而不见。蒋介石从前门进来，他便从后门出去。因他在黄埔学生中威信颇高，蒋介石亦几次请他出山，也都被他拒绝。报界对他的长期隐居，做过报道。有文章说“当今的严子陵，清高过于严子陵”，直接将他与东汉隐士严子陵两相比照。直到 1937 年 8 月，国难当头，蒋介石再次邀他出山担任公职。此时的严重认为，保家卫国，共赴国难，是军人的天职，于是才答应出山。这年 10 月，他一到南京就要求上前线，最后被蒋介石派到湖北来当了代理省主席。严重是 1892 年生人，他在 1927 年隐居时，正当 35 岁，是一个人叱咤风云的好年龄，但他却从高位上退下，隐入深山十年。说来也真不是件容易的事。严重住在柳庄，他的别墅门前有两棵松树紧紧地相倚相伴，因此这幢别墅又叫“同松别墅”。

同松别墅大约是太乙村最朴素的一幢别墅了。红

◎左图：吴氏院的大门
◎右图：吴氏院背靠太乙峰

色的铁皮瓦屋顶和顺着石块的堆砌纹理而形成的虎皮墙，都没有使这幢别墅显眼。严重是有名的清官，被人称为“湖北一怪”,他的别墅如此这般也是当然的了。严重别墅后面，有一块巨石，上面写有“藏金洞”三个字。传说是将军们离山时藏金之处。这个传说令我颇觉怪异。

吴氏院的位置好得令人赞叹不已。它正正地背靠着太乙峰。庭院特别大，四周奇树竹林环绕，站在院子里抬头上望，太乙峰有如一个睡美人躺在天边。吴氏院建于 1932 年。我想至少它的主人吴奇伟盖这个吴氏院不是为了隐居，而是为了休息。吴奇伟也是广东人，他是大埔县一个贫苦农民的孩子。在保定陆军学校毕业后，便成了国民革命军粤军之一员，参加过北伐，是张发奎手下第十二师师长。在他修建了吴氏院不久，便参与了对红军的第四、第五次“围剿”。抗日战争时期，他成了一个集团军的司令，驻守江防。美国著名的坝工专家萨凡奇考察三峡时，便是江防司令吴奇伟派兵前去保护。吴奇伟还赠给了萨凡奇一张详细的三峡军用地图。后来人们提到萨凡奇考察三峡时，总是会提到这件事。1948 年，吴奇伟参与了香港的“粤东起义”的策划，并领衔发表了反对国民党统治的宣言。便是同年，吴奇伟以华南解放军代表的身

◎严重的柳庄，又叫同松别墅

◎蔡廷锴的三柳巢

◎陈诚的又一处别墅：松庄

份北上北平，参加了第一届政协会议。第二年，又参加了开国大典。可惜他没能更多地享受和平的日子，在他 63 岁的时候，因为病痛而在北京逝世。这已是 1953 年的事了。

春天里的吴氏院已不能细看。它那里开着一个小卖部和一个名为“太乙”的酒家。铁皮的红屋顶也显得十分破旧。幸而墙上爬满了碧绿的藤萝，是它把别墅装点出了几分韵味。1936 年，冯玉祥来太乙村小住，快意之间，写下“隐庐”二字，并且亲自将字刻在一块石头上。这块石头现在就放在吴氏院的前坪。

太乙村 9 号别墅叫三柳巢，很有中国味道的一个名字。这是一幢非常气派的别墅，它最惹人注目的是附近的三棵漂亮的柳杉。三柳巢的名字由此而得。三柳巢始建于 1931 年，它的主人叫蔡廷锴——这是我们尚为熟悉的名字。1932 年的淞沪抗战蔡廷锴率部与入侵日寇激战了三个月，成为中国最为著名的抗战将领。曾经一度与李济深一起在福建成立“中华共和国人民革命政府”，发动闽变，同蒋介石分庭抗礼。虽然他与老蒋在太乙同居一村，可是他与老蒋之间的斗争似乎从未停过。即使重被召用，也屡遭猜忌。1940 年，他愤而辞职，闲居两广一带。正因为长期以来与老蒋的不和，使他必然转身，走向另一条道路。1948 年，他离开香港，辗转东北，于 1949 年抵达北京，参加了第一届政协会议。后来他就定居在了北京，担任着一些要职。他死于 1968 年的春天。这一年，他 76 岁了，也算过了二十年和平的日子。在这二十年里，估计他再也没有来过他的三柳巢，因为在日本人占领庐山期间，整个太乙村都被毁得不成样子，现在的三柳巢是 1985 年修复的，簇新得让人觉得少去许多沧桑，而多了一些商气。三柳巢还有一个名字，叫作“精普求舍”，估计这是蔡廷锴本人取的。没人解释他为什么起了这么一个拗口的名字。

比起三柳巢，陈诚的松庄别墅倒是朴素得令人惊讶，初看上去甚至觉得它有些土气。大约是 1985 年复建的缘故。松庄别墅靠近路边，以隐居的标准来看，这一处位置不是十分理想。不过人家陈诚并不是隐居之人，况牯岭上还另有别墅，所以，对于松庄别墅是否气派或者位置是不是上佳，诸如此类，恐怕也就无所谓了。

好了，太乙村最重要的一幢别墅，我们不能不说了。它就是桂庄。桂庄别墅是蒋介石和宋美龄在庐山的又一处别墅。掐指算来，他们两人在庐山的别墅和行馆加起来恐怕有七八处了。因别墅一侧的汩汩泉水，它又被叫作“月泉别墅”。这幢别墅前有宋美龄亲植的桂花树两株，“桂庄”一名正是由此而来。亭亭玉

◎桂庄

◎桂庄的门牌

庐山是安静的地方，是内省的地方！

——西德建筑师贝歇尔《庐山的鞭策》

◎竹林里的小路

立的桂树与茂密的竹林，使得桂庄有一种格外的清雅。据说桂花树原本有两棵，1975年蒋介石在台湾去世之时，突然死去一棵，剩下的一棵仍然花枝繁茂。民间传说的魅力就是常常把花草树木飞禽走兽都说得有情有义。

但也正是因为桂庄的存在，使得我对“十八个将军”隐居太乙一说产生怀疑。因为太乙村一共只有十八幢别墅，除了蒋介石的之外，当时的在位高官至少好几人的别墅都在这十八栋之内。比方江西省主席熊式辉的“熊宅”，庐山训练团团长陈诚的松庄，蔡廷锴的三柳巢，江防司令吴奇伟的吴氏院，诸如此类，这些何曾都是退隐之人？既然如此，十八个退隐将军又从何说起？此外，还有一些人，根本也不是将军，比方原庐山警察署署长文汝舟、庐山商贾胡勉成等。即使一些真正前来隐居的人其实也都不是真正的隐者，他们都是从热闹的场面下退避下来的人，想要靠自然把心安静下来，并不是件易事。所以他们中的许多人隐居没多久，便又陆续地走出山村，担任起一些要职。比如，1号别墅的曾晚归出任庐山管理局局长；3号别墅的翁桂清出任广东海关监督；9号别墅的蔡廷锴升任第19路军军长；担任过总设计委员会负责人的刘一公亦做过庐山管理局局长和庐山军官训练团设计组组长。

五

由于档案资料的不全，我们已经很难查清究竟是哪十八个人住在太乙村。有资料说，最早来此地的人只有七个，只有他们才是粤军的失意将领。因为他们七人的缘故，太乙村才被外人传成将军村。另外的十一个人是后来加进去的，他们中大多并非为着隐居。这一说似乎更合理一点。据说，有一年康有为也跑到庐山来买了十亩地，他的地在温泉附近，离海会寺不是很远。可惜他还没来得及开始修建别墅，人便去世。康有为专程到过太乙村，来后还写了诗，诗中说“太乙山下太乙峰，七人筑室各柴门”。看来，他在这里看到的人家只有七户。

我一直很想查出这些隐居者的名字，只是遍翻资料，也查阅不出。我把与太乙有过关系的一些人名字录下，发现竟是多了几个出来。他们是曾晚归，古层冰（古直），关鹤舫，柯凤巢，刘一公，黄申乡，张敬之，文汝舟，谭仲文，余春泉，刘元宝，胡勉成，劳田宏，李汝倬，陈诚，吴奇伟，蔡廷锴，严重，叶慕旭，还有蒋介石。这一排列，竟有二十人之多。不过，在翻阅零星资料中，从点滴小事中，我推测曾晚归、古层冰、

◎山庄里游泳池是流动的泉水

关鹤舫、柯凤巢、刘一公、李汝倬和叶慕旭，他们可能属于最初的七人。其中古层冰还是最初的动议人之一。

在这里我想专门地为古层冰写上几句，因为他在庐山的所作所为，不像将军而更像文人，或者学者。古层冰又叫古直，广东梅县人。他曾是清末著名的南社成员，当过编辑，也办过小学，在梅县呼应辛亥革命也曾风云一时。喜欢写诗的人，多是热血青年。他还任过县长，后来到中山大学中文系当了教授。他似乎没有当将军的经历，至少《庐山志》上没有提到他曾经当过将军，倒是说他一生著述甚丰。他住在太乙村里以治学为主，写了诸多考证方面的文章。同时也写了许多与庐山相关的诗文。他的诗给我的感觉有些呆板，不是我喜欢的风格。大约专注做学问的人写起诗来，反而少了一种灵气。倒是做过将军的曾晚归所写诗作，更令我喜欢一点。

在太乙村，还有两个地方当值一提。一个是游泳池。这是一个以山泉为源的动水游泳池。他们利用山势，使得泉水直接流入池中，又在游泳池的另一端留下排水孔。游泳池因此而永远处在换水的过程中，其

◎犇舍

水质的清亮洁净，真是无一家游泳池可以相比。

另一个地方便是同乡会馆。它被称为犇舍，是在曾晚归的倡议下，由刘一公、古层冰等七个粤人捐资所建，以用来接待亲友。虽说是为粤系亲友所建，但其他朋友来到太乙，也都住在这里。像康有为、李四光、冯玉祥、胡宗南、白崇禧、阎锡山等，都在这里居住过。来者名人不少，屋以人传，犇舍也就因此而成为有历史故事的名屋。

太乙村的人在1937年后，都星散而去。这是没办法的事，日本人打过来了。多少防线都没能挡住鬼子，太乙村村头村尾的两个碉堡自然也抵挡不住。整个太乙村人去楼空。只有曾晚归将他侄儿的墓迁来这里，准备相伴长居，但也没能过上多久，便一病而逝。曾晚归在他住进太乙村一年后的一个日子里，写过一首《山中辞》的词。最后一段是："山中卧，冷被和云裹。孤峰寂寂月窥床，凉露娟娟梅共我。问征鸿，何事向潇湘。唳寒风，残梦破。"好孤寂悲伤的心情。而他的太乙村，在日本人的铁蹄下，真的就只成了一个残破的梦。

六

其实，在太乙村建成的那个时代，这里无法成为一个真正静谧着隐居的地方。在它的全盛时间里，蒋介石每年都来牯岭避暑，他在太乙亦有别墅，时常隔三岔五地前来一住。都是一个村子的人，走在路上又岂能见不着面？见着了面又岂能不谈国事？既与国家最高首领谈了国事还有什么隐居味道？更何况，海会寺一带开办着军官训练团，太乙村与海会寺可谓近在咫尺。将军们虽然离开了军界，可与其他军官的关系也是藕断丝连，造访他们或是羡慕他们的人也不老少，大小官员们在此来来往往，太乙村想图清静，又怎么可能？

发生在太乙村的事情也证实了这点。

1931 年，蒋介石与胡汉民之间的矛盾日益尖锐。不久，胡汉民便被老蒋软禁。这一来，使得胡汉民的部下们纷然反蒋，一方面准备另起炉灶，另一方面，准备对蒋介石行刺。就连孙中山之子孙科也派出亲信，去联系上海滩上有名的杀手王亚樵，并以巨额经费作为费用。

王亚樵被人称为民国史上的“暗杀大王”和“民国第一杀手”。中国现代史中许多暗杀事件都与他有关联。他在上海组织起自己的斧头党，硬是在上海滩杀出一片天地，使得上海的几大帮派都得让他三分。在这次刺蒋之前，他已经就组织过诸起暗杀了。由于他的计划经常滴水不漏，所以许多人明知是他之所为，却拿他毫无办法。这一次刺蒋，除了受胡汉民亲家林焕庭所托外，也是他本人的一个心愿。王亚樵与蒋介石的关系一直十分恶劣，刺蒋一直是他计划中的事情。

王亚樵在南京、庐山、上海都分设行动小组，伺机刺杀蒋介石。6 月，蒋介石将去庐山太乙村的消息被王亚樵探知。于是他令手下十余人化装成游客，潜往庐山。由于一路上关卡重重，枪械无法携带。他们便买了十只金华火腿，用刀将中间挖空，然后再把枪置于其中，再用针缝好，外面涂上一层盐泥，几乎天衣无缝。一路上都十分顺利。到了太乙村后，他们取出了枪，却将火腿随意扔进了树丛之中。不料，蒋介石的侍卫在山林中偶然发现了一只火腿。这只火腿一切都很好，可就是中间被挖空了，而且明显是有人用刀挖空的。他们分析一定有人夹带武器上了山，因而他们一方面加强了警戒，一方面封山搜索。

一天，蒋介石在太乙村甬道上散步，向竹林方向走来。担任刺杀任务的青年陈成正在附近。这是他杀蒋的一个极好机会，可是万没有想到的是，正待他意欲射击时，一个侍卫突然走过来，护卫着蒋介石往回走。陈成恐怕失去这个千载难逢的好机会，便冲上前开了枪，结果两枪都未打中，在他正想掏出怀中炸弹时，却被蒋介石侍卫的乱枪击倒，当即毙命。侍卫们检查陈成尸体，除了手枪，并未发现什么。蒋介石被吓得魂飞魄散，但倒也有惊无险。见到刺客已经被击毙后，便指示手下将他埋了，并且不许声张。事后，他密令戴笠从速破案。戴笠很容易就猜测到这多半是王亚樵所为，却苦无证据，拿王亚樵没有办法。他只好警告王亚樵说："你如果想谋害领袖，我一定杀死你。"

王亚樵后来还策划过一些刺杀事件。比如在上海刺杀宋子文，但这次杀手看错了人，错杀了宋子文的秘书；又比如，在南京刺杀汪精卫。汪精卫当时虽然没有死成，但最终还是因那次刺杀的子弹而死。后来他又成立了铁血锄奸团，专杀鬼子和汉奸，日本陆军大将白川义则便是死在王亚樵的暗杀之下。王亚樵这个人，一生都充满戏剧性，把他的经历拍成电影，观众定会怀疑那是编剧的虚构。其实，再好的编剧，也无法编出比王亚樵亲身经历更富传奇更曲折惊险的故事。王亚樵最后死于1936年，一则是被戴笠长年盯逼，一则也是被人出卖，他在广西的一家旅馆里，被预先埋伏好的特务杀死。而主持杀他的人便是他当年的弟子戴笠。戴笠进黄埔军校便是王亚樵送他去的。看看，这样的事，有几个人得以经历呢？

蒋介石太乙村遇刺的版本也有好几种说法，但多大同小异。这样的历史事件，在文人的笔下，仿佛是写一出大戏，主要情节不错就行了，而细节的设计和渲染的程度，全在笔头。只是，无论写成什么样子，太乙村总归都是这场大戏的舞台。

枪声在宁静的山中一定回荡了许久，不知隐居在那里的将军们听到枪声会是什么样的状态，他们是惊异呢还是恐惧？是庆幸呢还是悲哀？更或是愤怒以及跺脚叹息？不见任何文字提到他们对此事的说法，这段历史仿佛是被尘封着。但有一点我想多半成立：当年他们在此筑庐建屋时，肯定没有想到，这样的血腥事件，也会发生在他们的隐居之所。

年轻的杀手陈成，后来就被埋在了太乙村，没有人知道他被葬在哪里。

七

今天，将军们的身姿早已不在。太乙村却仍然保持着当年的格局。1984 年，太乙村被再次开发，人们修复了一半以上的别墅，又新辟了从山下观音桥至太乙村的登山公路。及至 90 年代，这里已成一个旅游度假村。在旅游旺季时，纷至沓来的游客会以他们特别的喧闹，打碎这里的宁静，时尚的服饰和流行的音乐，让这里隐居的气息荡然无存。

但在淡季之时，游人离去，太乙村立即就回复到它过去的情调。清冷而幽静，有几缕炊烟，有几声轻叹，有几句低吟。太阳下山后，灯光亮起来，太乙就仿佛一艘静泊在海岸的大船。在伸手不见五指的夜晚，海景和山景几无区别，而海风和山风的叫喊也大致一样。所不同的只是，风送来的味道，一个是淡淡的咸，一个是幽幽的香。

历史的余味便夹在那带有幽幽香气的风里，在山间飘浮。

后　记

每一幢老屋都有一个完整的故事

感谢广西师范大学出版社决定再版这本《到庐山看到老别墅》。这是我自己非常喜欢的一本书，也是朋友们最喜欢讨要和收藏的一本书，也感谢编辑允许我将此前的后记作一些调整。

最初约我写庐山别墅一书的是湖北美术出版社编辑袁飞，先说好的是写一本关于鸡公山别墅的书。当时我正在办《今日名流》杂志，整块的写小说的时间并不是太多，于是觉得利用片断时间写写这一类书，也还不错。通过写书，我会对中国的历史和人事有着更深一层的了解，所以我就同意了。但隔了一些日子，小袁建议我是不是先写写庐山的别墅？这时候，我有些犹豫。做了半天准备，突然又换书，我多少有点不爽。此外，我虽是江西人，故乡就在庐山脚下，可是我的父母自小离家在外，而我则几乎就没有去过那一带。我对庐山的了解也就是一个普通的观光客的了解。

但是，最后我还是接下了撰写这本书的任务。为什么呢？只因为我真的很喜欢庐山，几乎喜欢它的一切。大学三年级，曾与同学一起第一次上庐山，当时就觉得这地方必须再来。结果，此后的每一次上山，这种喜欢的感觉都会更增一层。它绮丽的风光、清澈的流水，它飘逸的云雾、纯朴的乡情，它充满着异国风情的老屋、宁静而雅致的山谷，最重要的是它所承载的丰富的中国传统文化和陶渊明培育的淡泊于世的隐士之气，都深深地令我向往和迷恋。如果我写这本书，我就能有机会一次次走进庐山，一次次与庐山交谈，一次次翻阅它的过去和一次次憧憬它的将来，一次次投入它的怀抱，被它的风雨和云雾清洗。这一切，对我来说，是多么必要。于是，几乎是为了我自己的一份需求，我开始了它的写作。

在一个夏日的早晨，我们驱车前往庐山。在“庐山通”罗时叙先生（我真的是非常感谢罗先生，几乎每次上山，他都给予了极大的帮助）的带领下，我们沿着山径顺着阶路，一幢一幢地看着别墅。成百上千的老房子，埋藏在绿荫浓密的树下，沐浴在庐山清凉的风中。岁月留下的累累伤痕，使它们的面容疲惫而沧桑。这引起了我们一次又一次的长叹。

在《庐山志》上，我看到了李德立这个名字。我想象着这个２２岁的英国年轻人，在百多年前的一个冬日，冒着朔风登上山来，想象着他面对庐山美丽的河谷发出由衷的赞叹而后，便着手改变了这座山的历史。这样的开头，简直像一部电影，令我惊异，也给了我莫大的悬念。

李德立为庐山开了头，也为我的这本书开了头。

在我写作的经历中，没有一本书像我写这本书一样，在过程中有着那么多的愉悦。这种愉悦在于这一次的写作变成了一次学习。走进百年前的中国，我能听到中国的大门面向世界打开时那种嘎嘎的响声，也能听到传教士和侵略者蛹蛹而来的脚步。无能之极的政府和可怜之极的百姓，都从泛黄的资料里浮出水面。通过这座山的开山历史，我能了解许多许多我过去从不知道的东西；而通过一座山的发展历史，我能认识到更多我过去从未认识清楚的人。因为写作过程必须翻看许多资料的缘故，我自己对这一段历史，也产生了浓厚的兴趣。

书出版后，在庐山上很受欢迎。有一年去庐山，庐山的一位领导说，我们要感谢你，是你把到庐山游老别墅的概念带给了庐山。现在来庐山的人都会参观庐山别墅。还有一次在庐山，我走进一家书店，书店的老板突然说，你是作家方方吗？我认出你了。你的书卖得很好。

这些都是让我高兴的事。不止是因为书，而是因为在我心里，庐山于我，相当于是我的家乡，而书店的老板，也几乎就是我的乡亲了。

还有一件似乎必须说的事。有一年，一位叫玛尔塔的德国老太太来到武汉。她当年出生在武汉，并在武汉长到 13 岁才离开。她讲起她的家事时，也说到她家有别墅在庐山。于是我就送给她一本由湖北美术出版社出版的关于庐山的书。她惊喜地拿在手上翻阅，当她翻阅到一张图片时，不禁叫了起来：这是我家的房子。然后，她就委托我去庐山看看她家的别墅，并且希望我拍几张照片给她。根据她提供的地址，我很容易找到那幢老旧不堪的别墅。通过朋友，我将这些照片传给了玛尔塔。两三年后，我有机会去德国的德累斯顿访问，玛尔塔老太太闻知后，再三希望我去她住的慕尼黑走走，于是我便专程去了一趟。在玛尔塔老太太家，她拿出两本与庐山有关的书和一本相册送给我。相册是她的朋友家的，上面贴着那一家人上世纪初在庐山上的生活照片。两本书则有一本是李德立当年所写庐山开山史和一本摄影家所拍摄的旧时庐山照片。这些东西，在我从德国回来后，全都转送给了庐山图书馆。

在送走之前，我将所有照片都扫描了下来。这是非常珍贵的庐山照片，我相信国内几乎没有人见过这样一些照片。在再版的这本书里，这些老照片几乎都用了上去。新版的书，与老版相比，因了这些照片，显得更加丰富和厚重。因此，我要在此感谢玛尔塔老太太。

因为写书的缘故，我到庐山去过的次数已经数不清了，而庐山给予我的感觉也与以前全然不同，仿佛我的手已经把它抚摸过了一遍，每一处地方、每一处名称、每一处景色都让我感到亲切无比。山上的老别墅在阳光下闪着辉光，即使陈旧了的铁皮瓦屋顶，即使磨损了的门窗，即使黯然了的石墙和扶壁，即使已经面目全非的罗马券和老虎窗，等等等等，无不让我感受到一种别样的美丽，这是在我知晓它们的历史之后。

如果你登上庐山，你光知道看锦绣谷和三叠泉，光知道看花径和乌龙潭，那你对庐山的了解还远远不够，你对庐山的真谛还远远未知，你在庐山面前，依然是一个盲者。无论如何，你都应该看看庐山的老别墅，因为山上每一幢老房子里都有一个完整的故事。你只有了解了它，你才会知道，庐山为什么会成为今天的庐山。

方方

2014 年 5 月

Http://e.weibo.com/xinminshuo
E-mail:fanxin@bbtpress.com